비밀에
기대어

비밀에 기대어

이제야 꺼내놓는
자립준비청년의 이야기

프롤로그

끝내 원고를 완성했지만 기분이 마냥 좋지만은 않았다. 자립준비청년의 현실을 알리고 사회적 관심에 대한 필요성을 말하고 싶었는데, 어쩐지 개인적인 넋두리나 푸념에 가까운 글이었다. 경험상 타인의 넋두리를 좋은 마음으로만 봐줄 리가 없었다. 아무래도 책으로 내면 안 될 것 같아 그대로 노트북을 닫고 몇 달 동안 열지 않았다.

그러다 유명 작가의 북토크를 가게 되었다. 작가는 두 시간 동안 책 이야기뿐 아니라 소소한 일상이나 개인적인 이야기도 서슴지 않고 들려주었다. 나는 맨 뒷자리에서 뜨거운 감동을 받았다. 이야기도 이야기지만, 긴 시간 동안 한 사람의 말을 열심히 듣는 청중과 그들을 믿고 이야기를 이어가는 작가의 모습이 말도 안 될 만큼 아름다웠다. 유명 작가라는 이유도 있겠지만 누군가에게 기대어 내 이야기를 쏟아본 경험이 없는 나로서는 이들 사이에 존재하는 믿음이 그저 부럽기만 했다.

북토크에서 받은 감동과 여운은 쓰다 만 글을 다시 이어가는 용기를 주었다. 나도 누군가에게 마음껏 이야기하는 경험을 하고 싶었다. 그리고 마음 한쪽에는 북토크에 온 청중들처럼 세상에는 이야기를 묵묵히 들어주는 사람들도 있다는 사실이 힘이 되었다.

처음 꺼내는 이야기가 많다. 누구에게도, 심지어 나조차도 기억으로만 존재했던 이야기들에 의미를 부여하는 일이 처음이었다. 숨김없이 내 이야기를 써 내려가다 보니 마음 안에 자라지 못하고 있던 '어린 나'를 이제야 돌보는 느낌을 받았다. 그동안 어쩔 수 없는 일은 묻어두고 새로 살아가는 방법을 익히느라 바빴지만, 글을 쓰면서 '그때의 나'의 주인이 되어 이야기를 재구성하고 안아줄 수 있었다.

모든 말을 솔직하게 털어냈다. 솔직하게 쓰다 보니 '내가 이렇게 비관적인 사람이었나' 하며 새로운 나를 만나기도 했고, 드러내기 싫은 나를 마주하기도 했다. 그럴 때면 나처럼 듣는 이가 없어 말을 하지 못하고 있을 누군가를 생각했다. 당신에게도 그런 이야기가 있는지 말을 건넸다. 이제라도 말을 할 수 있어서 속이 시원하다고 말했다. 무엇보다 지극히 사적이고 사소한 이야기를 마음껏 꺼내는 사람과 그걸 관심 있게 읽는 사람들 사이에 오고가는 믿음은 너무 아름다워서 나 아닌 다른 사람도 자신의 이야기를 시작하는 데 힘이 될 거라고 믿었다.

나의 비밀에 기대어 마음껏 이야기해 보았다. 그것이 주는 가뿐함과 온전한 기분이 이 책을 읽어 줄 사람을 만나 또 얼마나 커질지 알고 싶다. 그러니 이 책이 자신의 이야기를 하고 싶은 사람과 그들에게 기꺼이 귀를 기울여 주는 사람을 이어주길 바라본다. 이들의 만남으로 누군가 용기를 얻어 자신의 비밀을 털어놓을 수 있게 된다면 더 없이 좋겠다.

차례

3

일러두기

이 책의 일부는 한겨레신문 <똑똑! 한국사회>에 기고한 글입니다.
해당 글은 기고 제목과 날짜를 밝혀 두었습니다.

자립준비청년은

아동양육시설, 공동생활가정, 가정위탁 등의

보호를 받다가

만18세 이후 보호가 종료되어

사회로 나와 자립을 준비하는 청년을 의미한다.

1

오전 9시 24분 허진이

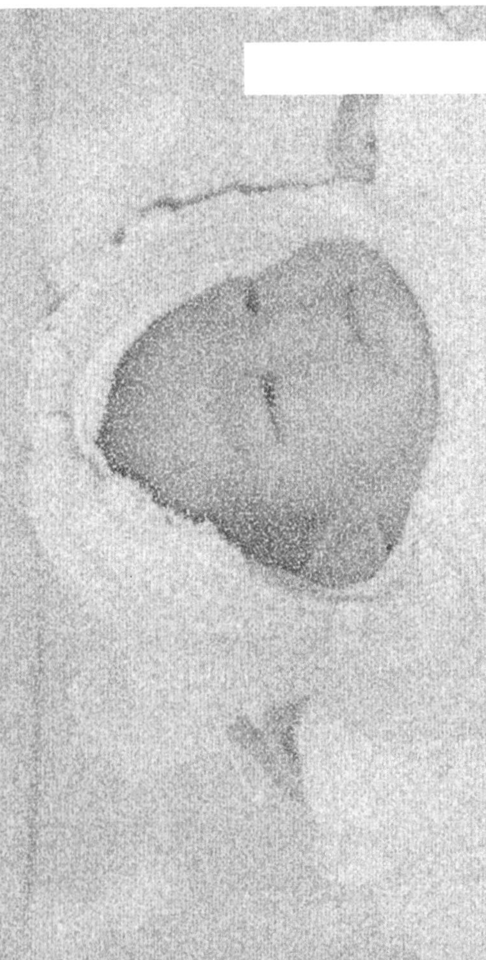

"으앙."

1995년 3월 31일 내가 태어났다. 나를 안고 있던 간호사의 손은 산모가 아닌 분만실 밖에서 기다리던 사회복지사에게 향한다. 한참 동안 나를 빤히 바라보다 알 수 없는 표정을 짓고 있던 중년 여성은 간호사가 건네는 상투적인 말에 이내 고개를 들어 대화를 나눈다.

"3월 31일 오전 9시 24분 여아입니다."

"네, 알겠습니다. 고생하셨습니다."

제 할 일을 모두 끝냈기 때문일까. 방금까지 산고를 느끼며 병원이 무너져라 소리를 지르던 그녀는 이제야 후련해 보인다. 눈을 감고 쉬고 싶다만, 눈앞에는 봉합 수술을 준비하는 의사와 출산 현장을 정리하는 간호사들이 분주하게 움직이고 있다. 의사 한 명과 간호사 둘, 그리고 그녀. 이들 사이엔 어색한 침묵이 흐른다.

수술이 끝나고 그녀는 휠체어로 옮겨져 간호사의 부

축을 받으며 회복실로 간다. 가는 길에 신생아실에 들러 아기를 보고 갈까 싶었지만 꾹 참는다. 단지 궁금했을 뿐이었고, 아기를 본들 그녀는 할 말도, 할 수 있는 말도 없었다. 소중한 아기를 단지 궁금해서 보고 싶다는 것은 제 자식 앞에서 얼마나 작고 얄팍한 마음인가.

그녀는 의미를 알 수 없는 눈물을 흘린다. 드디어 끝났다며 안도하는 것일까. 이제야 아무렇지 않은 척 예전처럼 살 수 있겠다고 생각하는 것일까. 그녀가 생각에 빠져 있는 동안 신생아실의 아기들은 열심히 울면서 제 역할을 하고 있다.

한 간호사가 유독 내게 관심을 준다. 회복되지 않은 몸을 간신히 이끌고 아기를 향해 우스꽝스러운 표정을 짓는 엄마들을 볼 때마다 간호사는 나를 더 꼭 안아 주기도 한다. 다른 곳에서는 나를 기다리던 사회복지사와 그의 동료가 머리를 맞대어 무언가를 골똘히 궁리 중이다.

"○○ 이건 어때요? 아, ○○은 이미 있네요."

"진이 어때요?"

"음… 겹치는 이름도 없고, 좋네요!"

그리곤 펜을 들어 써낸다.

허진이

나에게 그녀와 동일한 성을 붙여 주었다. 아이에게 자신의 작은 흔적조차 남지 않길 바랐지만, 친부의 흔적은 더욱 더 남기고 싶지 않았다. 대신 친권 포기 각서와 미혼모 요양시설에서 준비한 서류에 각각 사인을 했다. 아이를 보러 오지 않겠다는 약속을 하는 내용이었다. 그녀는 이 순간을 바란 것마냥 망설임이 없었다.

그녀의 이 단호함은 나로부터 완전한 해방을 위한 것인지, 나를 향한 마지막 모성인지는 알 수 없다. 그렇게 그녀는 본인의 성만 남긴 채 나를 보육원에 두고 가 버렸다.

보육원의 하루

기상과 아침 식사

우리가 맞는 아침은 아직 해가 뜨지 않은 어두운 새벽 여섯 시였다. 이부자리를 정리하고, 세수하고 옷을 갈아입는 동안 아침 식사 당번은 아이들의 식사를 배식하느라 바쁘다. 밥 먹으러 오라는 엄마 선생님의 한마디에 갈 곳 없이 서성이던 아이들이 우르르 정해진 자리에 앉는다. 아침 식사 때는 다들 말이 없다. 밥과 반찬을 먹으며 아직 깨지 않은 잠을 이겨내는 듯하다.

취침 시간과 기상 시간은 보육원에 있는 동안 변한 적이 없었기에 몸이 적응할 때도 되었지만 갈수록 아침에 일어나는 것이 힘들어졌다. 엄마 선생님이 잠든 밤, 그러니까 아무도 우리를 지켜보는 사람이 없는 시간을 틈타, 밤새 수다를 떨거나 냉장고 속 반찬을 꺼내 비빔밥을 해먹고 TV를 틀어 보고 싶은 예능과 드라마를 보았기 때문이다. 엄마 선생님 몰래 은밀하게 보낸 지난 밤의 여운을 느끼며 일찍 자지 않은 것을 후회하는 동시에 오늘 밤은 무엇을 할지 궁리하는 것이 반복되는 아침이었다.

구역 청소

식사를 마치고 각자 맡은 구역을 청소한다. 배식 당번, 설거지 당번, 화장실 당번, 복도 청소 당번 등 의미 없이 배정된 것 같아도 아이들의 성향을 파악한 엄마 선생님의 전략적인 판단이 숨어 있다. 손이 야무진 아이는 설거지를 하고, 꼼꼼한 아이는 빗자루로 구석구석 생활실 바닥을 쓸었다. 키가 크고 힘이 좋은 아이는 막대걸레로 바닥 닦는 일을, 성실한 아이는 식구들 옷을 세탁실에 맡기고, 찾아오는 일을 맡았다. 나는 주로 설거지나 화장실 청소를 맡았다. 엄마 선생님의 판단은 정확했다. 손이 빠르고, 정리하는 것을 좋아하는 나는 부엌 일 외에는 따분했고, 좀처럼 성취감을 느끼기 어려웠다.

개인의 취향과 성향에 맞춰 배정된 당번은 보육원을 퇴소하는 순간까지 하루도 빠짐없이 내게 주어졌다. 당번은 청결에 대한 좋은 습관뿐 아니라 단체 생활에 순응하며 지낼 수 있도록 했다. 그것은 단순히 청결의 의미를 넘어 단체 생활에 필요한 규율과 통제를 의미했기 때문이다.

등교

청소를 끝낸 뒤에야 학교를 갈 수 있었다. 모든 아이들은 보육원과 가까운 초중고를 다녔다. 아이들이 떼를 지어 보육원과 학교 사이에 있는 길을 건너갈 때면 동네 사람들은 신기해하며 구경하기도 했다. 보육원 생활의 일부였던 학교 생활은 보육원의 분위기와 다르지 않았다. 우리만 있는 학교는 안전하고, 편안했지만 한편으로는 보육원과 분리되어 그곳을 벗어난 경험과 상상을 하기는 어려웠다.

하교와 간식 시간

수업이 끝나면 모두들 보육원으로 돌아왔다. 엄마 선생님이 준비해 준 간식을 먹고, 저녁 식사까지는 주어진 일이나 계획 없이 자기만의 시간을 보냈다. 주로 독서나 운동 같은 취미 활동을 하거나 낮잠을 자고, 멍하니 아무것도 하지 않은 채 시간을 보냈다. 나는 무용 연습을 했다. 선생님이 오셔서 수업을 하는 날도 있었고, 수업이 없는 날에는 개인 연습이나 공연 준비를 했다.

보육원에서는 이 시간을 활용해서 수영, 무용, 축구, 육상, 음악, 학습 등 아이들이 취미를 찾거나 능력을 향상시킬 수 있도록 지원했다. 덕분에 나는 여러 가지 취미 활동을 두루두루 할 수 있는 어른이 되었고, 이는 자립 생활뿐 아니라 사회생활에서도 유용했다. 회사 체육대회에서 팀이 승리할 수 있도록 한몫했고, 대학 생활 중에는 봉사활동으로 아이들에게 무용을 알려 줄 수도 있었다.

저녁 식사

흩어진 채로 각자의 시간을 보낸 아이들이 오후 여섯 시가 되면 차려진 밥상에 앉았다. 식사를 하며 엄마 선생님의 질문을 시작으로 오늘 하루 있었던 일에 대해 이야기를 나눴다. 어제와 다르지 않은 평범한 날들이지만, 하루를 보낸 개인의 감상이 어제와 오늘이 다를 수 있다는 것을 저녁 식사 시간에 나누는 대화들을 통해 깨달았다. 그래서인지 우리는 엄마 선생님의 "오늘은 별일 없었어?"라는 질문에 결코 무성의하게 대답하지 않았다.

침묵 시간, 그리고 취침

저녁 식사를 마치고 정해진 당번 일을 한 뒤에는 여덟 시부터 침묵 시간이 시작됐다. 침묵 시간은 묵언을 하는 시간으로 종교적 의식이었다. 보육원은 종교재단이었기에 아이들은 모두 이 규칙에 따라 여덟 시부터 다음 날 아침까지는 큰 소리로 대화하거나 말을 할 수가 없었다.(그럼에도 우리는 몰래 수다를 떨었지만)

아홉 시가 되면 다들 침대에 누웠다. 잠에 드는 일은 개인의 선택이었지만 모든 불이 소등되고 정적이 가득한 보육원은 영업을 마친 가게 같았다. 중요한 물건은 가게 안에 둔 채로 문을 잠그고 떠나버린 가게 주인은 알 리가 없다. 가게 물건들이 살아 움직이며 자신만의 시간을 보내고 있을 줄은!

엄마!

보육원에서는 생활실의 주 양육자를 '엄마' 또는 '엄마 선생님'이라 불렀고, 보조 양육자는 '이모'라고 불렀다. 엄마라는 호칭에 미혼이었던 사회복지사 선생님은 불편함을 내비치기도 했다. 엄마가 아닌 선생님으로 부르라고 솔직하게 얘기하는 분도 계셨다. 불편한 것은 우리들도 마찬가지였다. 보육원 밖의 상황을 모를 때는 어렵지 않았지만 내가 보통의 아이들과 조금 다른 형태의 가족으로 산다는 사실을 알고 난 뒤로는 어려워지기 시작했다.

초등학교 4학년 때 동생들과 공연을 보러 가기 위해 외출을 했을 때다. 지하철을 타고 이동해야 했는데, 오랜만의 문화 생활에 신이 난 동생들은 큰소리로 떠들었고, 그 소리는 지하철 안을 가득 채웠다. 동생들에게 조용히 하라고 다그쳤지만 소용없었다. 애써 일행이 아닌 척 떨어져 앉았지만 이내 다시 일어섰다. 동생들이 계속 '엄마'를 찾으며 놀았기 때문이다.

열 명 가까이 되는 아이들이 한 사람을 '엄마'라고 부르는 것이 이상해 보일 것 같아 아까보다 더 무서운 표정과 목소리로 동생들을 다그쳤다. 어떤 사람들은 이미 우리가 보육원 아이들이라는 걸 눈치챈 듯했다. 나는 창피한 마음을 숨기지 못해 얼굴이 달아올랐고, 기분이 상한 채로 하루를 보냈다. 이후 외출하기 전 동생들에게 은밀하게 도움을 청했다. '밖에서는 엄마라고 부르지 않기.'

사춘기가 되면서 '엄마'라는 호칭이 불편해졌을 때에도 보육원의 엄격한 규칙 아래 새로운 생활반 선생님을 '엄마'라고 호칭하며 환영해야 했다. 간지럽고 어색한 그 단어를 내뱉는 일도 힘들었지만 새해가 되면 그동안 정든 '엄마'와 헤어지고, 새로운 '엄마'를 맞이해야 하는 것은 더 힘든 일이었다. 그들의 성향이나 양육 태도에 맞춰 생활반 규칙과 분위기가 변했고, 그 변화에 맞춰야 하는 것은 어린 우리의 몫이었다.

보육원에 있는 19년 동안 나를 돌봐준 엄마는 열 명이 넘었다. 성향이 다 달랐던 엄마들에게 열심히 나를 맞췄다. 기본적인 규칙만 지킨 채 지내도 상관없었지만 다른 친구들보다 조금이라도 더 엄마의 관심을 받기 위해서는 엄마의 성향에 나를 맞추는 방식이 가장 좋았다.

깨끗하게 정리하는 것을 좋아하는 엄마에게는 청

소를 잘하는 아이가 되었고, 공부 잘하는 아이를 좋아하는 엄마에게는 매일 저녁 늦게까지 공부하며 높은 성적을 받아 오는 아이가 되었다. 다른 친구들보다 눈에 더 띄기 위해 나만의 방식으로 살아남고자 했던 어린 시절, 내게 엄마는 마냥 의지할 수 있는 존재가 아닌 간절한 존재였다.

생후 4개월이던 딸이 내 눈을 보며 '엄마'(아마도 옹알이었겠지만)라고 말했을 때의 감동이 아직도 잊히지 않는다. 아이를 매일 봐도 내가 정말 엄마가 된 것인지 실감하기가 어려웠다. 하지만 소이가 내게 처음 엄마라고 불러주었을 때, 비로소 지난 몇 달간 내게 일어난 생경한 일들이 모두 엄마라는 단어로 귀속되고 있음을 느낄 수 있었다.

어색하던 '엄마'라는 이름이 내게도 자연스러워졌을 때에는 엄마라는 단어가 주는 의미와 형용할 수 없는 힘이 느껴지기도 했다. 그것은 바로 아이가 자신의 생존을 위해 내뱉는 첫 단어이자, 내게는 엄마로서의 사명감을 다하게 만드는 특별한 외침이었다.

아이의 엄마를 향한 부름은 응당 그런 것이어야 했

다. 우리 사이의 특별함을 공고히 하는 것. 역할에 충실하도록 동기를 자아내는 것. 이제야 그 외침 끝에 내가 서게 되었을 때 어린 시절 내가 외친 '엄마'에는 얼마나 많은 것들이 생략되어 있었는지 알 수 있게 되었다.

다른 친구들보다 눈에 더 띄기 위해

나만의 방식으로 살아남고자 했던

어린 시절, 내게 '엄마'는

마냥 의지할 수 있는 존재가 아닌 간절한 존재였다.

우리 사이의 오해

내가 살던 보육원 근처에는 조금만 걸어가면 해수욕장이 있었다. 해수욕장까지 걸어가던 길이 여전히 기억에 선명한데, 무더위를 느끼며 걸었던 그 길은 '여름' 하면 떠오르는 이미지이기도 하다. 해수욕장에 가기 위해서는 보육원의 큰 운동장을 가로질러야 했다. 운동장을 지나 대문으로 가기 전에 은행나무 길이 있었는데, 나무들이 빼곡해서 보육원과 해수욕장을 가는 사이 유일하게 뜨거운 해를 피할 수 있는 곳이었다. 우리는 그곳에 있는 가장 큰 나무에 올라 장난을 치기도 하고, 흙 놀이도 하며 열을 식히기도 했다.

보육원 대문을 나서면 주유소와 버스 정류장 그리고 편의점과 식당이 나란히 서 있었다. 대문만 나서도 달라지는 풍경에 우리는 보육원 밖을 나가는 것만으로도 긴장감과 해방감을 느꼈다. 질서 없이 도로 위를 지나가는 버스와 승용차를 피해 신호등을 건너면 아파트 단지가 나왔다. 이 아파트 단지를 가로질러야만 바닷가에 빨리 도착할 수 있었는데, 우리에게 이 일은 숨을 참게 만드는 긴장되는 순간이었다. 보육원과 가까이 있던 아파트 단지 주민들이 우리 때문에 시끄럽고, 물건이 없어졌다며 신경쓰이는 일들이 자꾸 생긴다고 종종 보육원에 민원을 넣었기 때문이다.

그런 숨 막히는 공간을 지나 안도의 한숨이 나올 때쯤에는 공장 단지가 나오는데, 소음에 가까운 기계 소리가 들릴 때면 바다에 가까워졌다는 것을 만끽할 수 있었다. 그 끝에 도착한 바다를 보자마자 우리는 슬리퍼를 벗고 파도 속에 뛰어들었다. 파도가 내 발에 감기는 순간, 뜨거운 여름을 느끼며 친구들과 노을이 질 때까지 마음을 내려놓고 신나게 놀았다.

누군가 나의 보육원 생활을 궁금해 할 때면 나는 가장 먼저 여름날 해수욕장을 향해 뛰어가던 이 기억이 떠오른다. 하지만 이토록 낭만적인 기억을 입 밖으로 꺼내기는 쉽지 않다. 대부분의 사람들은 우리들의 행복한 시간보다는 우리가 보육원에서 얼마나 힘들게 살아왔는지에 대해 궁금해했다.

보육원에는 종종 후원자들이 방문했다. 그들은 평소 자신이 후원하는 기관이 깨끗하게 관리되어 있는지 확인하거나, 아이들의 웃는 얼굴을 보며 뿌듯해하고 더 필요한 것은 없는지 우리에게 직접 물어보기도 했다. 하지만 보육원 아이들의 생활 환경을 눈으로 직접 본 어떤 후원자들은 이렇게 말하기도 했다.

"보육원의 아이들이 저희 집 애들보다 훨씬 잘 지내는데요?"
"여기가 천국이네요."

이 말과 함께 보육원 아이들의 형편이 자신의 아이보다 낫다며 허탈한 표정을 짓는 것은 마치 내가 누리고 있는 일상들이 원래는 내가 누려선 안 되는 것들이라고 느끼게 했다.

"그렇게 안 보여서 몰랐어."

얼마 전, 비교적 최근에 알게 된 친구에게 보육원에서 자란 이야기를 하게 되었다. 어떤 말로 반응해야 할지난감해하던 친구가 내게 한 말이었다. 친구는 내게 상처를 주지 않으면서도 적당히 위로해 줄 수 있는 적절한 말을 찾았다고 생각했는지 편안한 한숨을 내뱉었다. 우리의 오해는 여기서부터 풀어야 한다. '보육원 아이들은 이럴 거야'라는 고정된 생각, 그리고 자신과는 아주 먼 곳에서 많이 다르게 살고 있을 거라는 착각들 말이다.

이 같은 오해를 풀기 위해 나는 보육원 생활의 어려움뿐만 아니라 즐거움과 행복에 대해서도 이야기하지만, 여전히 우리가 얼마나 곤궁했고, 결핍되어 있는지에만 관심을 갖는 경우가 많다.

좀처럼 좁혀지지 않는 우리 사이의 오해는 어릴 적 숨을 참고 아파트 단지 사이를 지난 것처럼 여전히 우리를 숨 막히게 한다. 그럼에도 나는 지속적으로 나의 숨통을 찾고자 노력 중에 있다. 어릴 적 그 숨 막히던 아파트 단지를 지나면 나왔던 바닷가, 그 끝에 도착해 파도 속으로 뛰어들었던 아름다웠던 기억을 붙잡으면서 말이다.

파도가 내 발에 감기는 순간,

뜨거운 여름을 느끼며 친구들과

노을이 질 때까지 마음을 내려놓고

신나게 놀았다.

겨우 슬리퍼 한 짝

아이와 함께 사는 집은 고요할 새가 없지만 어쩌다 찾아온 집안의 정적은 "하지 마!" 이 한마디로 깨지곤 한다. 작고 가벼운 플라스틱 장난감 의자에 발을 딛고 일어서려는 소이에게 다칠 수 있으니 하지 말라고 여러 번 주의를 줬지만 결국 의자가 쓰러지면서 소이가 넘어지고 말았다.

하지 말라는 엄마의 주의가 이제야 생각났는지 넘어진 자세로 눈치를 보며 우는 아이를 나는 가만히 보고만 있었다. 왜 엄마 말을 안 듣냐며 화를 내고 싶었지만 혼이 날까 긴장한 아이에게 다정하고 차분한 톤으로 이야기하는 게 좋겠다 싶어 스스로 타임아웃을 한 것이다.

아이가 혼이 날까 겁을 먹었을 때, 화를 내지 않고 다정한 말투로 훈육을 하는 것은 부모가 줄 수 있는 사랑이라고 생각하곤 했다. 이런 생각을 하게 된 이유에는 어린 시절 이해받고 싶었던 내가 있다.

여섯 살 때의 일이다. 친구들과 집 앞 바다에서 신나게 놀고 나니 저녁을 먹으러 집에 가야 하는 시간이 되었다. 모래사장 쪽에 두었던 슬리퍼를 찾는데 한 짝이 도저히 보이지가 않았다. 친구들과 시간 가는 줄 모르고 바닷가에서 노는 사이 떠내려 간 것 같았다. '엄마한테 혼날 것 같은데…' 생활반의 새로운 엄마는 자기 물건을 챙기지 않는 것을 정말 싫어하셨다. 그런 엄마가 슬리퍼 한 짝을 잃어버린 것을 알면 얼마나 무서운 표정을 지을지 상상만 해도 겁이 났다.

결국 슬리퍼를 찾지 못하고, 한 쪽 슬리퍼만 신은 채 터벅터벅 집으로 되돌아갔다. 가는 내내 심장이 너무 크게 뛰어서 호흡을 몇 번씩 가다듬었다. 겨우 슬리퍼 한 짝 잃어버린 건데, 왜 하필 생활반 엄마는 이런 것에 단호할까 원망스럽기도 했다. 집에 도착하고 젖은 몸을 씻기 위해 바로 욕실로 들어갔다. 엄마는 더러워진 내 한쪽 발을 보고선 역시나 큰소리를 지르며 화를 내셨다. 그러고선 빨간 고무 대야로 내 엉덩이를 세게 내리쳤다. 3대 정도 맞았지만 어찌나 세게 맞았는지 살이 너덜거리는 것만 같았다.

겨우 슬리퍼 한 짝으로 느낀 공포는 성인이 된 지금도 기억에 또렷이 남아 있다. 이렇게나 오래 기억하는 이유는 그때 느낀 공포 때문만이 아니다. 어린 나이에 느꼈던 서러움과 억울함 때문이다. 몇 번이고 엄마의 마음을 이해해 보려 했다. 원칙이 있는 사람이었던가. 내가 평소에 물건을 자주 잃어버렸던 걸까. 머리를 굴려 애써 이해해 보려 했지만, 그래 봤자 여섯 살 여자아이가 잃어버린 겨우 슬리퍼 한 짝이었다.

조금 슬프지만 엄마에게 사랑이 없었다고 짐작해 본다. '슬리퍼를 잃어버릴 정도로 신나게 놀았겠지, 잃어버린 신발을 얼마나 열심히 찾아 다녔을까, 맨발로 뜨거운 바닥을 걸었겠구나, 혼날까 봐 얼마나 안절부절했을까'라며 내 입장에서 이해해 보려는 노력을 엄마는 하긴 했을까. 내 아이를 키워 보니 더욱 잘 알겠다. 나는 엄마에게 그저 공동 생활물품인 슬리퍼를 잃어버린 아이, 잃어버린 물품을 재신청해야 하는 번거로움을 준 아이일 뿐이었던 것이다.

사랑한다면 자연스러웠을 '이해받는 일'이 나의 유년 시절에는 줄곧 없었다는 것을 깨달았지만 마냥 울적하게 생각하지도 않는다. 어린 시절의 결핍이 자식을 향한 더 크고 섬세한 사랑으로 변모할 수 있다면 그 자체로 위로가 되기도 한다. 어린 시절 나를 떨게 한 공포는 이미 사라진 지 오래다.

그래봤자

여섯 살 여자아이가 잃어버린

겨우 슬리퍼 한 짝이었다.

사회 밖 사람들

내가 살던 보육원의 모든 아이들은 보육원을 운영하는 재단 내 학교를 다녔다. 학생의 90%는 보육원 식구들이었고, 그 외에는 같은 지역에 사는 가정 형편이 어려운 친구들이었다. 근처에는 우리 학교밖에 없어 교복을 입고 돌아다니면 내가 보육원 아이라는 것을 누구든 알아차릴 수 있었다. 그래서 우리 학교 학생들은 교복을 입고 학교 밖을 나가지 않았다. 경제적인 문제나 형평성으로 인해 대부분 학원을 다닐 수 없었고, 웬만한 생활과 교육 모두 보육원이라는 울타리 안에서 가능했다.

우리는 이곳을 하나의 사회라 여기며, 보육원 밖에 사는 사람들을 '사회 밖 사람들'이라고 불렀다. 어릴 때는 울타리 안과 밖의 차이를 느끼지 못했다. 나의 세상이 모두의 세상이라 생각하며 명랑한 아이로 자랐지만 그 차이를 느끼는 것은 시간문제였다.

초등학교 1학년이 되었을 때 보육원에서 단체로 놀이공원을 처음 가게 되었다. 시설에서는 길을 잃는 아이가 없도록 우리에게 몇 가지 규칙들을 당부했다. 당부로는 부족했는지 우리는 모두 같은 옷과 신발, 가방을 메고 놀이공원을 가게 되었다. 놀이기구는 원한다고 모두 탈 수 있는 건 아니었다. 내가 타고 싶은 기구를 타고 싶지 않은 친구들이 있었고, 내가 타는 동안 친구들은 그 긴 시간을 기다려야 했기에 쉽사리 기구를 타고 싶다 말할 수 없었다.

놀이기구를 타고 있는 친구들을 기다리며 놀이공원의 풍경을 즐기던 중 내 시선은 커다란 통을 목에 메고 팝콘을 꺼내 먹는 사람들을 향해 멈추었다. 팝콘과 함께 먹는 슬러시가 얼마나 달고 시원할까…. 침을 흘리며 한참을 바라봤다. 보육원에서 준 용돈으로는 간식을 살 수 없었고, 돈이 있어도 슬러시 하나에 스무 개의 입이 달라붙고 팝콘은 한 알씩 나눠 먹을 게 뻔했다.

마른침을 삼키고 다른 곳으로 시선을 돌렸다. 이번에는 엄마와 아빠의 손을 잡고 있는 아이들의 모습이 보였다. 그러고 보니 대부분의 아이들이 부모님의 손을 잡고 있었다. 그 모습을 보고 나는 직감적으로 알았다. 내가 보통 사람들과 다르다는 사실을 말이다. 보편적인 가정의 모습을 한 '사회 밖 사람'들이 나와 얼마나 다른지 처음 간 놀이공원에서 알게 되었다. 그 일 이후로 나는 나의 울타리 안으로 더 깊숙이 들어가 숨어버렸다.

줄넘기 대회

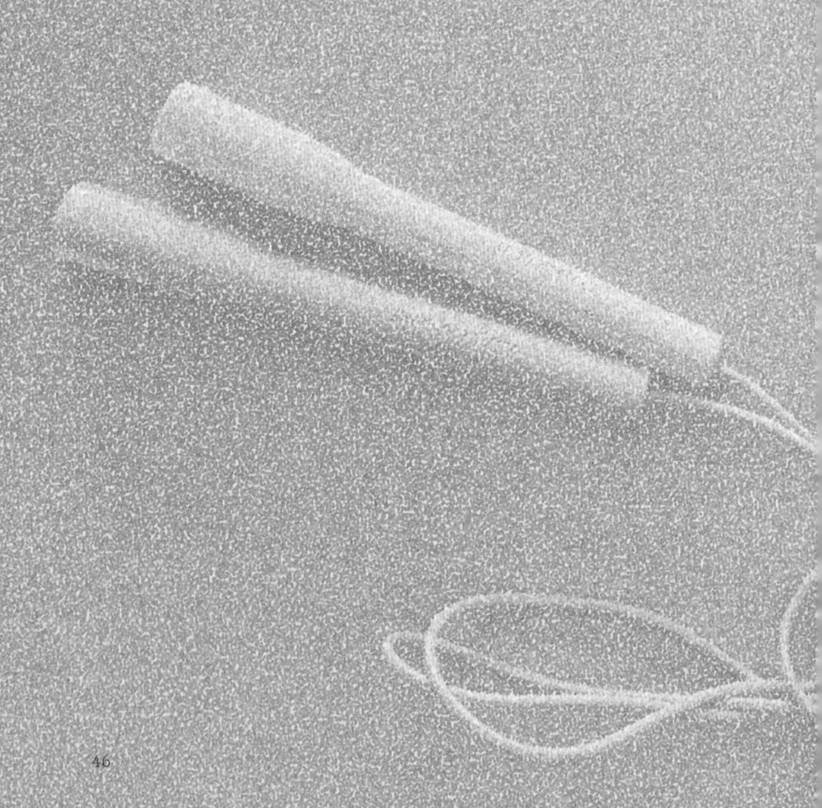

초등학교에서 체육 활동으로 줄넘기를 배울 때, 나는 남들보다 오래 뛰는 편이었다. 재능이 있기도 했고, 재밌기도 해서 교내 유일한 동아리 활동이었던 줄넘기부에 가입했다. 무엇보다 하교 후 보육원 생활반으로 바로 가지 않고 연습을 할 수 있었던 점이 좋았다. 연습 시간에는 선생님이 시원한 아이스크림과 음료수도 자주 사주셔서 동아리 활동은 내게 자유를 느낄 수 있는 유일한 일탈의 시간이었다.

어느 날, 동아리 선생님은 우리가 전국 단체 줄넘기 대회에 참여하게 됐다고 전했다. 우리는 서로의 눈을 보며 '우리가?'라는 눈빛을 주고받았다. 지루한 시간을 보내기 위해 줄을 넘은 것뿐이었다. 그런 우리가 과연 누구와 견줄 수 있는 실력일까 의심되기도 했지만 무엇보다 보육원 밖을 나가 부모 있는 아이들과 대결을 한다는 것이 괜한 긴장감을 주었다.

그날부터 우리는 전투 준비를 했다. 선정된 열 명의 선수들이 어떤 날에는 손을 잡고 줄을 넘어보고, 어떤 날에는 자리를 바꿔서, 또 어떤 날에는 모래주머니를 차고 연습했다. 나도 모르게 내재되어 있던 '부모 있는 아이들'에 대한 열등감과 질투심이 단체 줄넘기 대회에서 승리로 되갚겠다는 의지로 타오르고 있었다.

1차 지역 예선에서 우리는 너무 쉽게 이겨버렸다. 상대팀들은 연습을 얼마나 안 했는지 합이 맞지 않고, 30번도 채 넘지 못하고 휘청거렸다. 100번은 우습게 넘고, 최대 200번을 넘긴 적이 있던 우리는 30번을 넘기고 자화자찬하는 다른 선수들을 보며 어이없는 웃음이 나오기도 했다.

2차 예선에서도 우리는 압도적인 승리를 거뒀는데, 3차 예선에서 문제가 생겼다. 전국 대회를 가기 위한 결승이었던 만큼 우리를 긴장하게 하는 실력 있는 팀을 만나 치열한 접전을 치렀고, 결과는 우리 학교의 승리였다. 승리의 기쁨과 전국 대회에 대한 기대로 들뜬 우리에게 상대편 선수들이 몰려와 에워쌌다.

"얘네 학교, 고아들이 다니는 곳이래."

"고아원에서 할 게 없으니까 맨날 줄넘기나 하고 있겠지."

우리를 향한 날선 말들이었다. 화려한 줄넘기 실력 뒤에 꽁꽁 숨겨둔 우리의 약점이 드러나고 말았다. 우리에게 진 것이 분한 선수들은 호탕하게 웃으며, 줄넘기 대회에서 이겨 봤자 우리가 그들에게 처음부터 졌다는 걸 날카로운 말로 우리들 가슴에 꽂아버렸다. 그렇게 상처되는 말들이 예고 없이, 무방비 상태로 우리를 공격했다.

우리는 대꾸도 하지 못하고 서둘러 차에 올라탔다. 욕을 하는 친구의 소리가 들렸지만 맞서기에는 한없이 초라한 말이었다. 나는 얼른 집에 도착하기만을 바랐다.

그 사건 이후 우리 학교에서는 더 이상 줄넘기 대회를 나가지 않았다. 덕분이라고 해야 할지, 그 일을 뒤로 더 이상 상처받는 일은 없었다. 하지만 우리는 보육원이라는 사회 안에서만 안전하게 크는 반쪽짜리 아이가 되어 가고 있었다.

오리지널 고아

오리지널 고아

부모에 대한 기억이 없는 아이들을 우리끼리는 이렇게 불렀다. 자신의 부모가 어떻게 생겼는지, 어떤 이유로 이곳에 와 있는지 전혀 알지 못하는 아이들. 나도 그중 하나였다.

마음 붙일 곳이 보육원뿐인 오리지널 고아와 부모님의 사정으로 보육원에 입소해 언제든 가족의 품으로 돌아갈 가능성이 있는 아이의 차이는 '우리 집'이 어디인지 떠올리는 일에서부터 있었다. 자신을 '잠시 맡겨진 아이'라고 생각하는 아이들은 보육원 밖에서 식구들이 고아라며 놀림받을 때에도 자신은 무관한 사람이라는 듯 멀리 떨어져 있었다. 오리지널 고아들은 그런 아이들을 부러워하고 때론 질투했다.

열 살 무렵 내가 있던 생활반에 보라가 입소했다. 노란색으로 염색한 머리, 또각또각 소리가 나는 반짝이는 구두를 신은 보라를 처음 봤을 때 '부모 그늘 아래서 자란 아이'라는 것을 단번에 알 수 있었다. 칙칙한 나와 다르게 머리부터 발끝까지 알록달록한 보라를 보고 기가 죽었지만 그 아이가 들려줄 보육원 밖 이야기를 궁금해하며 다가갔다.

보라의 부모님은 방학이 되면 보육원에 오셨다. 생활반 식구들이 나눠 먹을 과자 한 박스를 사다 주고는 보라의 손을 잡고 나가셨다. 그날 보라는 부모님 집에서 외박을 한 뒤 다음날 아침, 처음 온 날처럼 알록달록한 모습으로 돌아왔다.

외박을 다녀온 보라는 가장 친한 내게 선물이라며 밖에서 사온 장난감이나 머리핀 같은 것들을 몰래 건넸다. 가정 체험을 하고 온 아이들은 오자마자 가방 검사를 받아야 했다. 부모님이 사준 장난감이나 옷들은 개인이 소유할 수 없고, 공용으로 사용해야 했기 때문이다.

내게 몰래 선물을 건넨 뒤 보라는 자신이 가져온 물건들을 하나씩 꺼내며 그것들을 사수하기 위한 작업을 했다. 마치 첩보 작전에 버금가는 긴장감이 감도는 일이었다. 보라는 엄마 선생님에게 빼앗기기 싫은 물건을 다른 친구들에게 꽁꽁 숨겨 달라고 부탁했다. 그리고 빼앗겨도 괜찮은 물건과 숨겨도 소용없는 옷이나 구두 같은 것은 남겨 뒀다.

다급한 표정과 달리 이 순간만 넘기면 누리게 될 일들에 대해 짜릿한 기분을 느끼고 있을 보라를 바라보면서 나는 마냥 부러웠다. 그리고 만약 나를 찾아오는 부모가 있다면 친구들이 부러워할 만한 간식을 잔뜩 산 뒤 나를 둘러싸고 앉은 친구들에게 거만한 태도로 간식을 하나씩 나눠주는 모습을 상상했다.

내가 부러워하는 것이 보라에게 부모님이 있다는 사실인지, 보라가 받아온 선물인지 헷갈렸지만, '오리지널 고아'에게는 친부모가 사준 선물 외에는 부모님이 계시다는 사실이 어떤 특별한 일인지 알 리가 없었다.

학년이 올라가면서 보라가 부모님에게 받는 것은 선물이 아닌 용돈이 되었다. 이로 인해 보육원 내에서 누군가는 메이커 옷을 입고 최신 핸드폰을 쓰지만 누군가는 옷을 물려입고, 핸드폰은 갖지 못하는 빈부격차가 생기기 시작했다. 보육원 생활에서 반칙이 아닌가 억울한 마음이 들기도 했지만 그런 마음을 표현하는 일조차 내가 더 비참해지는 일이라 홀로 부러움을 삼키곤 했다.

부모가 있는 아이들 속에서 오리지널 고아들의 말 못할 설움은 누가 알아줄까 싶어 그들에게 심심한 위로를 건넨다. 살다 보니 가족이 짐이 되는 상황도 많더라며, 정부 지원을 받기 위해서는 가족 관계가 깨끗할 때 유리하기도 하다고, 결혼을 하고 나서는 부모님 용돈 챙길 일이 없어 좋다며 웃픈 이야기를 건네면서 말이다.

오리지널 고아.

자신의 부모가 어떻게 생겼는지,

어떤 이유로 이곳에 와 있는지

전혀 알지 못하는 아이들

우리들의 연대 : 베프 맺기

친구의 아기를 일주일 동안 돌봐줘야 하는 일이 생겼다. 친구의 첫째가 큰 수술을 하게 되어, 둘째 아이를 맡아줄 곳을 찾고 있다고 했다. 친구의 남편은 근무를 하고 있고, 시댁은 거리가 멀어 둘째를 맡길 상황이 아니었다. 어쩔 수 없이 친구는 나를 찾아왔다.

당시 우리 집 상황도 여의치는 않았다. 신랑은 회사 출장으로 집을 비웠고, 나도 해야 할 일이 잔뜩 밀려 있었다. 부담스러운 부탁이었지만 한때 '베프'였던 친구의 어려운 사정을 덜어주고 싶은 마음에 결국 7개월 된 아기를 돌봐주기로 했다.

나는 아기 손님을 맞이하기 위해 일주일 전부터 집을 차근차근 치워나갔다. 또 소이가 7개월 때의 사진과 내가 쓴 기록들을 보며 그 시기에 어떤 일들이 있었는지 복기해 보기도 했다.

이것저것 신경을 썼지만 마음 한구석에는 긴장감이 좀처럼 가라앉지 않았다. 남의 아기를 안전하게 돌보아줘야 한다는 마음만큼이나 이번 일로 오랜 인연인 친구와 기분 상할 일이 생길까 두려웠다. 부모가 되어 보니 내 아이 일에는 아무리 작고 사소하더라도 기분이 상할 수 있다는 사실을 알게 되었기 때문이다.

아기 손님이 집에 오는 날이 되었다. 친구는 아이를 맡기기 전, 우리 집 살림살이를 하나하나 확인한 후 짐을 챙겨 왔고 시간별로 계획되어 있는 하루 일과와 영양소를 골고루 갖춘 이유식 식단을 준비해 왔다. 나는 즉흥적으로 대처하는 스타일이었지만 친구는 계획적이고 꼼꼼한 스타일로 보였다. 지금까지 누구보다 그를 잘 이해하고 있다고 생각했는데, 새삼스럽게 나와 참 많이 다르다는 걸 알게 됐다.

이렇게 성향이 서로 다른 친구와 어린 시절 '베프'였다는 사실이 믿기지 않았다. 동시에 이렇게나 달랐던 우리가 서로에게 베스트 프렌드가 되어 주기 위해 얼마나 충실했었는지 생각하며 어렸던 우리에게 기특한 마음이 들었다.

너 나랑 베프 할래?

그래!

중학교 1학년, 수줍게 물어온 친구에게 그러자고 대답한 것이 우리 우정의 시작이었다. 보육원에서는 친구 사이가 무척이나 중요했다. 특히나 여자 동기들 사이에는 묘한 긴장감이 흘렀기에 내 '편'을 만드는 게 필요했다. 그냥 친구가 아닌 '베프'를 맺는다는 건 서로의 든든한 보호자이자 내 편이 되어 주겠다는 의미와 같았고 보육원 아이들은 대부분 자신의 짝을 찾아 베프를 맺었다.

선배들에게 혼나서 돌아오면 직접 혼난 것처럼 선배들을 미워해주고, 멀미가 심한 나를 위해 창가 자리를 사수해 준 것은 모두 '베프'가 나를 위해 해준 일이다.

보육원을 나와서도 우리의 우정은 계속되었다. 몸이 아프면 병원에 같이 가고, 궁핍한 대학 생활을 하는 나를 위해 돈을 쥐여 주는 날도 있었다. 이제는 결혼을 하고 사는 지역이 멀어져 예전처럼 자주 왕래는 못하지만, 그럼에도 우리는 연대했던 어린 날의 기억을 품고 있기에 여전히 필요할 때면 서로를 지켜주고 있다.

그 시절 우리가 맺었던 '베프'는 보육원에서 살아가던 방식이었지만, 그렇다고 그때 맺은 우정이 얕지 않다는 것을 이제는 안다. 친구의 아이를 정성스럽게 돌봐주고 싶은 이 마음은 어쩌면 그것으로부터 발현된 것일지도 모르겠다.

'베프'를 맺는다는 건

서로의 든든한 보호자이자 내 편이

되어 주겠다는 의미와 같았다.

19번과 두 얼굴

19번

보육원에서 불리는 나의 또 다른 이름이었다. 보육원에서는 이름이 아닌 번호로 종종 불렸다. 물려 쓰는 물건이 많았기 때문에 이름보다 번호를 새기는 것이 물품을 관리하기에 용이했다. 줄을 서야 할 때나 선생님이 인원 파악을 할 때에도 내게 주어진 번호, 19번은 내 이름보다 그 역할을 깔끔히 해냈다.

번호로 대체되어 각자의 개성 있는 이름은 성가신 것으로 여겨졌지만, 우리는 나름대로 서로의 별명을 지어주며 서로를 다채롭게 만들어 주었다. 나는 '검은콩'이라는 별명을 가장 좋아했다. 초등학교 3학년 시절, 까무잡잡하고, 콩 같은 얼굴형을 가진 나에게 엄마 선생님 지어준 별명이다.

엄마 선생님은 아이들의 생김새나 성격, 말투 등의 특징을 보고 별명을 붙여주는 것을 재밋거리로 삼으셨다. 그동안 친구들이 내게 붙여준 별명들은 '허찐' '허찐빵' '허수아비' 등 주로 이름을 활용한 것들이었다. 이런 일차원적인 별명들 사이에서 세심한 관심으로 지어진 '검은콩'이란 별명은 유치하지 않으면서도 특별했다.

무미건조하지만 나를 나타내기에 가장 효율적인 19번을 비집고 다채로움을 뽐낼 수 있었던 별명. 누군가의 관심 덕분에 특별한 기분을 느꼈던 별명 덕분에 나는 즐거웠다. 하지만 그렇지 않은 별명도 있었다. 중학생이 되어 사춘기가 시작될 때의 별명이다.

어릴 적부터 편식이 심했던 나는 식탁에 마지막까지 남아 있는 일이 많았다. 평소 같으면 엄마 선생님의 눈을 피해 음식을 버리는 방법을 꾀할 텐데 그날은 별수 없었다. 편식하는 것을 유난히 싫어하셨던 엄마 선생님이 내가 다 먹을 때까지 턱을 괴고 양반다리를 한 채 지켜보고 계셨기 때문이다.

그날은 소세지 볶음에 들어간 양파, 파프리카와 씨름 중이었다. 결국 엄마 선생님을 이기지 못하고 채소들을 입에 넣은 채 손으로 코를 움켜쥐어 숨을 참고 꿀꺽 삼켰다. 다 먹은 식판을 들고 일어서는데, 나 때문에 설거지와 식탁 정리를 끝내지 못하고 기다리고 있던 언니를 보게 되었다. 미안한 마음에 내가 마무리하겠다며 어서 다른 할 일을 하라고 했다.

언니가 자리를 떠나고 행주를 새로 빨아 상을 닦는데 들러붙은 반찬이 쉽게 떨어지지 않아 짜증을 냈고, 결국 수세미까지 동원해 힘겹게 상을 닦고 나서야 등교를 할 수 있었다. 오전 수업이 끝나고 점심시간에 평소 친하게 지내던 언니가 어깨동무를 하며 내게 말했다.

"야 두 얼굴!" 언니는 내게 새로운 별명이 생겼다며, 내 이중적인 성격이 모두 들통났다고 이어 말했다. 소문의 시작은 같은 생활반 언니로부터 시작이 되었다. 등교 준비를 하던 언니는 내가 당번 언니에게 마무리를 하겠다고 말하고선 당번 언니가 자리를 떠나자마자 짜증 내는 모습을 봤다고 한 것이다. 내가 마무리하겠다며 상냥하게 말하던 표정과 눈빛이 막상 상을 닦을 때는 짜증을 내는 표정으로 바뀌었으니…. 이걸 목격했다는 언니는 나를 이중적인 아이로 본 것이다. 이후 짓궂은 식구들은 내가 선한 의도를 담고 하는 행동에도 "재 착한 척 하는 거야. 알고 보면 잘 보이려고만 애쓰는 여우야"라며 비아

냥거렸다.

사춘기가 시작되면서 보육원의 생활은 대체적으로 이러했다. 감정 표현을 하기에는 너무 많은 눈이 있었다. 있는 그대로 봐주는 다정한 시선이 아닌, 서로 원하는 자리를 지키고 싶은 포식자의 눈빛 같았다. 한편으로는 무료한 보육원 생활에 가십 또한 필요했으리라. 재미난 일을 찾아다니고 이야기하는 사람 곁에는 친구들이 모이고, 어떤 이야기이냐에 따라 영웅이 되기도 했다. 그래서 그곳의 대화는 자주 영양가 없고, 무의미했다. 그저 흘러가는 시간 속에 재미만 있다면 될 뿐이었다.

19번. 보육원에서 불리는 나의
또 다른 이름이었다. 보육원에서는
이름이 아닌 숫자로 종종 불렸다.

나에게 온 선물 : 초콜릿 상자

중학생이 되던 해의 끝자락이었다. 내 이름으로 택배가 왔다고 선생님이 말씀하셨다. 선생님은 택배물이 크니까 여럿이 가지러 가야 한다고 했다. 나에게 택배를 보낼 사람이 없었기에 어리둥절했지만 혼자서 들 수 없을 정도의 크기라니. 어떤 물건일지 궁금하고 기대감이 생겼다.

상자는 크기뿐 아니라 무게로도 우리를 당황스럽게 했다. 네 명이 겨우 택배 상자를 생활실로 옮겼을 때는 이미 생활반 식구들과 다른 반 식구들이 구경하려고 모여 있었다. 우쭐대는 마음으로 뜸을 들이며 상자를 열었는데, 당시 TV 광고로만 보던 페레로 로쉐 초콜릿이 가득 들어 있었다. 몇 상자가 들어 있는지 세어보다가 포기할 만큼 많은 양의 초콜릿이 있었다. 기쁜 마음을 감출 수 없었다. 신나서 소리 지르고 친구들과 펄쩍펄쩍 뛰기도 했다. 겨우 진정하고 발신지를 보니 얼마 전 미국으로 파견 가신 후원자가 보낸 성탄 선물이었다.

보육원에서는 후원자와 아동을 일대일로 연결해주기도 했는데, 그 인연으로 만난 분이었다. 후원자와 만나고 얼마 되지 않아 해외로 가게 되면서 연락이 끊겨 인연이 끝난 줄 알았는데 해외살이에 적응하느라 연락하지 못했다는 내용이 편지에 담겨 있었다. 초콜릿을 통해 나를 잊지 않은 후원자의 마음이 느껴졌다.

친구들에게 초콜릿을 한 개씩 나눠주고, 상자를 내 침대로 옮겼다. 상자는 작은 침대를 꽉 채웠다. 머릿속에 떠오르는 사람들의 이름을 종이에 썼다. 생활반 식구들, 원장 선생님, 엄마 선생님, 담임 선생님의 이름도 적어봤다. 그러고도 내 몫의 초콜릿이 많이 남을 것 같았다. 남은 초콜릿은 이불에 꽁꽁 숨겨둘 계획이었다.

나는 넉넉한 마음으로 종이에 적은 대로 초콜릿을 나눠주었고 후원자가 준 성탄 선물이라는 말을 잊지 않았는데, 그때마다 보육원 밖에서 나를 생각해 주는 사람이 있다는 사실을 티 낼 수 있어 좋았다. 내 것을 갖기 어려운 보육원에서 '나의 후원자' '나에게 온 선물'은 특별한 일이었다. '나의 무엇'이 있다는 사실은 내 존재에 대한 가치로 느껴지기도 했다. 그리고 좋아하는 사람들에게 특별한 선물을 나눌 수 있어서 기뻤다. 용돈이 부족한 보육원 생활에서 좋아하거나 고마운 사람에게 마음을 표현할 방법이 부족했는데, 초콜릿으로나마 전할 수 있어서 마음의 짐을 덜 수 있었다.

내가 무언가를 줄 수 있는 상황이 좀처럼 생기지 않던 어느 날, 누군가 보낸 넉넉한 선물을 나누며 느낀 기쁨과 '나만의 것'을 가져 본 경험은 그때 먹었던 초콜릿의 맛보다 달콤했다.

고아티나?

"고아 티 나?"

학창 시절 보육원에서 소풍을 가거나 외출할 때 나오는 친구들의 단골 질문이었다. 겉모습에 예민한 소녀들로 보일 수도 있겠지만, 우리 나름대로는 품위나 자존심을 지키는 아주 중요한 질문이었다.

보육원생 사이에 통하는 몇 가지 고아 이미지가 있었다. 모든 원생이 입는 파란색 생활복, 꾸준히 후원해 주는 어느 브랜드의 옷, 물려받은 티가 나는 낡고 헤진 옷과 신발, 미용실을 못 가 낮게 하나로 묶은 머리 일명 청학동 머리…. 이런 것들이 우리가 생각한 '고아 티'의 전형적인 모습이었다.

우리가 고아 티를 내지 않기 위해 신경 써야 할 것은 옷차림뿐만이 아니었다. 중학교 2학년 때 학년 대표로 다른 학교 친구들과 식사하는 행사에 참석한 적이 있다. 행사 장소는 고급 패밀리 레스토랑이었다. 나는 모두 식사를 마쳤다고 생각했을 때 빈 식기류들을 정리하기 시작했다. 남은 음식들을 한 그릇에 모으고, 그릇들을 포개어 놓고, 상에 떨어진 음식과 얼룩들도 물티슈로 닦았다. 그저 보육원에서 배운 대로 한 것이다. (보육원에서는 식사를 마치면 음식물을 한 그릇에 모으고, 그릇을 포개어 정리하는 규칙이 있다. 설거지할 사람을 배려하는 것이다.) 나는 레스토랑에서도 좋은 본보기가 된 것 같아 뿌듯했다. 마침 옆 식탁에 앉은 어른이 "누가 이렇게 정리했냐"며 "집에서 아주 잘 배웠다"고 칭찬도 해주셨다. 그런데 그때, 나만 들릴 정도로 작은 목소리가 들렸다.

"여기서 고아 티를 내고 있네."

같은 보육원에 사는 선배의 목소리였다. 그의 말에 나는 얼굴이 빨개졌다. 배운대로 했음에도 고아 티를 숨기지 못한 것에 창피한 마음이 들었다. 둘러보니 나처럼 그릇을 정리한 테이블이 없었기에 창피함은 내 행동에 대한 후회와 자기반성으로 이어졌다.

이 밖에도 보육원 밖에서 여럿이 몰려다니거나 동네에서 소란을 피우는 일, 딱히 하는 것 없이 배회하는 모습 또한 우리가 고아 티를 내지 않기 위해서 조심해야 하는 행동이었다. 우리가 그렇게 '고아 티'를 내지 않으려고 기를 쓴 건 누구에게도 무시당하기 싫었기 때문이었고, 그보다 더 큰 이유는 내가 남들과 다르다는 사실을 들키고 싶지 않아서였다.

하지만 우리의 마음을 잘 모르던 사람들로 인해 우리는 자주 무너졌다. 보육원에서 단체로 외출할 때면 한눈에 알아보기 쉽도록 모두 같은 티셔츠를 입힌다거나, 줄을 세워 걷도록 하는 것, 보육원 이름이 크게 새겨진 차에 태우는 일들로 말이다.

이런 것들에 투정이라도 부리면 감사함을 모르는 아이로 취급받는 일이 되풀이됐다. 그래서 우리는 아무도 몰라주는 속사정을 우리만의 방식으로나마 지키고자 했는지 모른다. 마땅히 칭찬받을 일에도 고아 티를 낸다며 핀잔을 주는 선배처럼 말이다.

열여덟 어른 캠페인에서 '자립준비청년도 보통의 청년과 다르지 않다'는 이야기를 한 적이 있다. 하지만 나는 속으로 우리는 보통의 청년과 같을 수 없다고 생각했다. 남들과 너무 다른 유년 시절을 보냈고, 청년이 되어서도 홀로서기를 위해 분투하고 있기 때문이다.

하지만 이제는 내 경험이 어떻더라도 우리가 보통의 청년과 다르지 않다는 사실을 믿기로 했다. 스스로 자조하며 고아 티를 벗어내려 했던 것의 진짜 의미는 우리도 보통 사람들과 다르지 않다고, 그렇게 봐 달라고 오래전부터 이야기하고 있었던 것일지도 모른다는 생각을 하게 되었다.

이제는 방식을 바꾸기로 했다. 나를 있는 그대로 드러내기 위해 고아 티를 벗어내는 방식이 아닌 우리도 보통의 청년과 다르지 않다고 분명한 언어로 이야기하는 방식으로 말이다.

스스로 자조하며 고아 티를 벗어내려
했던 것의 진짜 의미는 우리도 보통 사람들과
다르지 않다고, 그렇게 봐 달라고 오래전부터
이야기하고 있었던 것일지도 모른다.

2

안녕, 나의 집 보육원

보육원을 퇴소할 날이 다가오고 있었다. 동기생 중에 보육원에 남아 있는 사람은 나를 포함해 네 명이었고, 우리는 모두 대학에 입학할 날을 기다렸다. 지난 3월부터 여자 동기생들이 취직하자마자 하나둘씩 보육원을 떠났다. 친구들의 빈자리는 식사 시간에 더 느껴졌다. 떠들썩하고 이야기가 넘치던 자리에 고요한 적막이 흐르자 나도 얼른 보육원을 나가고 싶었다.

친구들은 쉬는 날이면 종종 보육원에 왔는데 그때마다 직접 번 돈으로 염색한 머리, 새로 산 옷과 최신 핸드폰을 자랑했다. 주체적이면서 독립적이고, 자유로워 보이는 친구들 모습에 퇴소를 향한 환상이 더 커져만 갔다. 퇴소를 하면 가고 싶은 곳, 사고 싶은 것을 쭉 적어 보기도 했다. 가장 먼저 선배에게 물려받은 폴더폰을 스마트폰으로 바꾸고, 낡은 신발을 버리고 브랜드 운동화를 사고 싶었다. 친구들과 노래방도 가고, 국내 여행도 갈 환상 속에서 나는 퇴소하는 순간을 떠난다는 마음보다는 설레는 마음으로 기다렸다.

드디어 퇴소 날이 삼일 앞으로 다가왔다. 선생님께

서 32인치 캐리어와 이불, 칫솔과 치약, 샴푸와 같은 생활필수품을 주셨다. 보육원을 영원히 떠나야 한다는 사실을 조금은 실감했다. 그래도 여전히 들뜬 마음으로 캐리어에 짐을 싸기 시작했다. 선생님이 주신 생필품을 제외하면 내 짐은 어린 시절부터 모은 사진 앨범과 보육원 식구들이 써준 편지를 모아놓은 상자, 그리고 용돈으로 샀던 옷 몇 벌이 전부였다. 그 외에는 공동물품이라서 챙길 수가 없었다.

짐을 다 싸고 나니 이불을 제외하면 캐리어의 반도 채워지지 않는 양이었다. 19년 동안 생활한 곳에서 내 짐이 캐리어 하나도 다 채우지 못하는 양이라니 허탈하고 씁쓸했지만 아무렴 어떤가. 보육원을 나가면 나만의 물건들로 채울 생각에 허탈한 마음은 금세 괜찮아졌다. 짐을 싸고 나서는 기차표를 예매했다. 혼자 기차역에 가서 기숙사 입소 날짜에 맞춰 기차표를 발권했다. 며칠 뒤 자유행 기차가 데려다줄 미지의 세계가 너무 궁금하고 기대됐다.

드디어 퇴소하는 날이 되었다. 여느 때와 같은 아침

이었다. 내 기분을 빼놓고는 말이다. 아침밥을 먹고 구역 청소를 한 뒤에 다른 친구들은 보육원에서 짜놓은 일정에 맞춰 준비하러 갔고, 나는 방에 들어가 마지막 짐을 쌌다. 샤워를 하고 옷장에 걸어둔 옷으로 갈아입었다. 며칠 전 후원자가 백화점에서 사준 옷이었다. 화사한 분홍색의 긴 코트. 후원자는 검은색 옷을 만지작거리는 나를 나무라더니 가장 화려한 색의 옷을 골라주셨다. 첫 홀로서기를 당차고 빛나게 시작하라는 의미였다. 코트에 붙어 있는 태그를 떼고 걸쳐 보았다. 거울 속에는 화려한 내가 서 있었다. 슬퍼지려는 마음을 잘 감출 수 있는 화려함이었다.

기차 시간이 다 되어 엄마 선생님들께 인사를 드렸다. 잘 지내라는 말씀, 힘들면 언제든 찾아오라는 말씀, 어떻게든 잘 버텨보라는 말씀. 모두 새겨 들었지만 그 말에 담긴 어른들의 염려가 무엇인지 그때는 와닿지 않았다. 인사를 마친 뒤 커다란 캐리어를 끌고 홀로 보육원을 나섰다. 그날은 보육원에 큰 행사가 있어서 아무도 배웅을 나오지 못했지만 괜찮았다. 화려한 코트가 내가 가는 길마다 빛을 비추는 것만 같았다.

서울행 기차에 몸을 싣고, 여전히 설레는 마음으로 창밖을 바라보았다. 익숙한 이 풍경도 이제 안녕이다. 매일 여섯 시면 기상해야 하는 것도 여덟 시면 침묵해야 하는 규칙도 이제는 모두 끝이다. 몸에 새겨진 지난 19년 생활에 대한 습관이나 기억은 끝났고 이제는 다른 삶을 살 것이라고, 그렇게 될 것이라며 다짐했다.

코트를 벗고 자리에 앉았더니 기차가 출발했다. 갑자기 눈물이 흘렀다. 또르륵 흐르기 시작하다가 이내 훌쩍이고, 결국 몸을 들썩이며 펑펑 울었다. 코트를 벗은 게 실수였다. 꽁꽁 감춰둔 두려움과 불안함, 이별에 대한 슬픔. 모든 것이 한꺼번에 터져 나왔다.

'이제 마음 둘 곳이 어디에도 없구나.'

싫었던 규칙 생활에서 벗어나니 후련했지만, 그 자리에는 공허함과 외로움이 채워졌다. 이제 이 세상에 '나의 울타리'는 없다. 돌아갈 곳 없는 사람의 마음은 세상에 홀로 남겨진 듯한 기분과 같았다.

역에 도착하고서는 바로 학교 기숙사로 향했다. 복잡한 서울 지하철 노선을 보고 신경을 곤두세우느라 어느새 울적함은 사라졌다. 기숙사는 많은 사람들로 붐볐다. 처음 집을 떠나 기숙사에서 생활할 자녀들을 걱정하거나 응원하는 소리들로 소란스러웠다. 비어 있는 구석을 비집고 들어가 내 짐을 풀었다. 나만 혼자였다. 부모들이 함께 짐을 풀고, 정리하는 틈에서 분명 나에게만 다른 공기가 흐르고 있었다. 이제 시작이었다. 그리고 나는 결정해야 했다. 이대로 구석에 숨을 것인지, 아니면 나와 다른 이들과 잘 살아갈 방법을 고민하고 용기를 낼 것인지.

나는 그들에게 먼저 인사를 건넸다. 움츠려 있기보다는 용기를 내보았다. 퇴소 후 내가 한 첫 번째 결정이었다. 나의 홀로서기가 이제 시작되었다고 생각했다. 내가 어떤 결정들을 하고 삶이 어떻게 흘러갈지 아직 몰랐지만, 최소한 숨거나 움츠리는 방식은 아닐 것이라고 각오했다.

우리에게 주어진 시간

보육원을 나온 뒤, 나의 생활은 고삐 풀린 망아지 같았다. 그동안 나를 통제하던 것들에서 벗어나 '자유'를 누리게 됐으니 들뜬 마음을 누르기가 어려웠다. 보육원의 단체생활과 규칙적인 생활로 해보지 못 한 것, 먹지 못했던 음식, 입고 싶었던 옷, 가고 싶었던 곳들을 하나씩 떠올리며 해 나가는 것이 일상의 기쁨이자 목표였다. 하지만 자유에는 반드시 대가가 따랐다.

보육원을 퇴소하고 1년이 채 되지 않았을 때 자유롭게 생활한 것에 따른 대가를 치르게 되었다. 학교 성적은 낮아졌고, 그동안 받아왔던 전액 장학금도 받지 못했다. 성적순으로 들어가는 기숙사에서도 더는 살 수 없게 되었다. 그나마 목돈으로 가지고 있던 자립정착금으로 등록금은 해결할 수 있었다.

그렇지만 당장 필요한 생활비가 부족했다. 휴대폰 요금과 공과금 미납 고지서는 쌓여만 갔다. 급기야 끼니도 해결하지 못하는 상황에 이르렀을 때 홀로서기를 해야 하는 자립준비청년에게 자유는 조금도 허락되지 않는다는 것을 깨달았다. 이제야 남들처럼 살 수 있다는 착각 속에서 즐거워했던 나를 자책했다.

원래 내게 주어진 삶으로 돌아온 것 같은 느낌이 들었을 때 마음 놓을 구석이라고는 똑같은 현실 앞에서 분투하고 있는 보육원 친구들뿐이었다. 그들의 "나도 그래"라는 말에서 위안을 얻고 희망을 품었다. 보육원에서 자립 생활의 어려움을 보육원 선배들에게 수없이 들었기 때문에 다른 방법은 떠오르지 않았다. 어쩌면 난 내 삶이 이렇게 될 것이라는 걸 미리 학습했을지도 모른다.

나를 비롯해 자립 선배들과 동료들이 살아가는 모습을 보면 자립준비청년의 자립 생활은 똑같은 틀로 찍은 것처럼 엇비슷하다. 마치 통과의례처럼 같은 시기를 비슷한 모습으로 지나가고 있었다.

자립 선배로 초대되어 후배들을 만날 기회가 생길 때면 내 경험담을 들려주곤 한다. 하루는 '나처럼 살라는 건가'라는 생각이 들 때가 있었다. 자립 생활에 필요한 정보들을 알려주고, 강조하다 보면 결국 자립 문제를 나와 비슷한 방법으로 해결하도록 하는 것은 아닌지, 자립을 벗어나지 않는 우리의 대화가 그 너머를 상상할 수 없게 하는 것은 아닌지 염려가 된다.

현행 자립 제도 안에서도 자립준비청년은 비슷한 삶을 살 수밖에 없다. 자립준비청년은 보호 종료 후 5년 이내의 청년을 의미하며 현재 자립 지원은 이 기준에 따라 지원 기간을 퇴소 후 5년 이내로 기한을 둔다. 이로 인해 자립준비청년에게 허락되는 방황의 시간도 그리 길지 않다.

> "방황하고 있다면 5년 이내로 빨리
> 정신 차려야 된다."

한 자립준비청년 선배가 내게 했던 말이다. 5년이란 기한 안에 자신의 속도에 맞춰 마음껏 실패하고, 일어서는 것을 거듭하며 스스로 살아가는 일은 쉽지 않다. 기한이 있는 유한한 지원 속에서 다들 비슷한 선택과 기로를 걸으며 가장 안전한 방식으로 살아내기 바쁘다.

어떻게 하면 자립준비청년이 틀로 찍어낸 듯 비슷한 시기를 보내는 것이 아닌 다양한 모습으로 지낼 수 있을까라는 고민 끝에, 나는 더 이상 '자립'을 이야기하지 않는 것이 좋겠다고 생각했다.

홀로서야 한다는 사실에 초점을 맞추는 것이 아닌 그저 자신다운 선택으로, 자신의 속도와 꿈을 꾸는 방향에 맞춰 살아내는 것을 응원하고 싶다.

삶에는 무수히 많은 선택의 기로가 있다. 마음껏 고민하고, 머물고, 결정하고, 다시 돌아가는 그 시간이 우리에게도 길게 주어졌으면 좋겠다.

보육원의 단체생활과 규칙적인 생활로

해보지 못 한 것, 먹지 못 했던 음식,

입고 싶었던 옷, 가고 싶었던 곳들을

하나씩 떠올리며 해 나가는 것이

일상의 기쁨이자 목표였다.

15/20

사람들 웃기는 걸 좋아하는 유원이의 꿈은 개그우먼이었다. 그의 유머에는 애정과 관심이 담뿍 묻어 있었다. 몸에 힘을 줄 때 혀를 반쯤 내밀어 깨무는 내 버릇을 유일하게 알고 따라하며 웃음을 주곤 했다. 유원이는 노래도 참 잘했다. 한창 거리마다 들리던 <겨울왕국> OST를 노래방에서 부르다 보면, 다른 방 손님들이 놀라서 슬쩍 보기도 했다. 그런데 지금, 나의 작은 습관을 알아보던 유원이가, 내가 듣고 싶은 노래들을 불러 줄 유원이가 옆에 없다.

보육원을 퇴소하고 일 년이 지난 어느 날 아침, 눈을 떠보니 유원이에게 전화가 여러 통 와 있었다. 내가 학교 기숙사에 살 수 없게 되면서 친구 집에서 신세를 지던 때였다. 이 집, 저 집을 떠돌며 살다 보니 친구들에게 짐을 나눠 맡긴 처지였다. 그중 한 명이 유원이었는데, 얼마 전부터 내가 맡긴 짐 때문에 좁은 집이 더 좁다고 짐을 찾아가라고 재촉을 해왔다.

유원이 집은 정말 좁았다. 그 좁은 집에 어울리지 않는 큰 침대가 있었는데, 보육원을 퇴소하면 집에 커다란 침대를 두는 게 소원이었다며 멋쩍은 웃음을 보였다. 큰 침대에 내 짐까지 있어, 집이 좁아진 걸 알고 있었지만 나도 상황이 좋지 않아 그 말을 무시하고 있던 터였다. 그날 전화도 당연히 유원이의 재촉 전화일 거라 생각했다. 하지만 얼마 지나지 않아 그것은 유원이가 내게 마지막 인사를 전하는 전화였다는 것을 알게 되었다.

오후 4시쯤 보육원 선생님에게 유원이가 스스로 극단적인 선택을 했다는 연락을 받았다. 바로 유원이가 있는 병원으로 내려갔다. 무작정 찾아간 병원에서 유원이가 어디 있는지 알 수 없었다. 나는 병원 관계자로 보이는 어른을 붙잡고 물었다.

"유원이는 어디 있나요?"
"현재 고인의 시신을 인수할 연고자가 없어서 시간이 좀 걸립니다."
"가족 말씀하시는 거죠? 유원이는 저와 같이 보육원에서 자랐어요. 가족이 없어요."
"그래도 절차상 연고자가 있어야, 장례가

가능하니까 조금만 기다려 주세요."

19년을 함께 생활한 식구라 애원해도, 세상의 잣대로 볼 때 서류상 가족이 아니면 우리는 남일 뿐이었다. 그렇게 법적으로 '무연고자'로 분류된 유원이는 연고자가 없다는 이유로 장례를 치르지도 못한 채 주검 안치실에 방치됐다. 병원에 도착한 나와 친구들은 가만히 앉아 오지 않을 '절차상의 연고자'를 기다릴 뿐이었다.

결국 하루가 지났다. 뒤늦게 소식을 들은 보육원 선배들이 찾아와 병원 관계자에게 오랜 설명과 설득을 한 후에야 빈소를 빌려 장례식을 치를 수 있었다. 장례를 치르는 동안 눈물은 나지 않았다. 드디어 장례식을 치를 수 있다는 안도감 때문인지, 앞서 다른 선배와 동료들의 죽음을 이미 접해서 그랬던 것인지 누군가를 보내는 일에 의연해진 듯했다.

장례식을 치른 뒤, 무연고자였던 유원이의 주검은 끝내 화장과 봉안은 허락받지 못한 채 무연고 행려병자들과 함께 묻혀졌다. 무연고 공원묘지를 향해 가던 길이 아직도 기억에 남아 있다. 험한 오르막길이었다. 도착한 곳은 휑한 땅이었는데 줄줄이 콘크리트 푯말이 꽂혀 있었다. 푯말에는 죽은 이의 이름이 아닌 번호가 적혀 있었고, 식별 번호인 듯했다. 일렬로 꽂혀 있는 푯말들의 간격은 보아하니 관의 너비 정도였는데, 이곳에 누운 사람들은 관을 벽으로 한 채 아주 가깝게 있는 것 같았다.

눈물이 왈칵 쏟아졌다. 누군지 모르는 사람들과 따닥따닥 붙어 누워 있다니. 지금 여기에 누군가는 두 발로 서 있고, 누군가는 누워 있다는 것 말고는 나도 유원이와 다를 바가 없다는 사실이 나를 더 우울하게 만들었다. 우리를 안내한 담당자는 널브러져 있는 콘크리트 푯말 하나를 주워 락카 스프레이로 숫자를 쓰기 시작했다.

15/20

'2015년 스무 번째'라는 뜻이었다. 홀로서기가 힘들어 떠난 친구인데 마지막 길도 이렇게 비참했다. 다 내려놓고 떠나면 편안할 줄 알았을 유원이의 바람은 끝내 이

뤄지지 않았다.

유원이가 떠나고 10년이 된 지금도 여전히 유원이는 내 마음 속에 있다. 넓은 침대를 갖고 싶었던 그가 그 좁고 딱딱한 곳에서 얼마나 힘들지, 친구들을 웃기고 좋아하던 그가 얼마나 외로울지 생각한다. 오지도 않을 연고자를 하염없이 기다리고 있을 그의 공허한 희망이 내가 그를 계속 떠올리는 일로 채워지길 바랄 뿐이다.*

---

* 친족 관계가 아니면 장례를 치를 수 없던 것에 문제가 제기되면서 2023년 3월 예외적 관계에 대한 연고자 권한을 부여하는 조항이 신설되었다. 하지만 신설한 조항에도 여전히 부족한 부분이 존재한다. 사망 후 연고자 파악이 끝나고 고인이 무연고 사망자가 되어야 지인이 장례를 주관할 수 있으나 이 과정은 며칠이 소요된다. 또한 장례 의식을 주관할 수 있는 장례 주관자가 될 뿐 장례할 권리와 의무가 있는 연고자가 될 수 없다.

이렇게 행복해도 되나
싶을 정도로 행복해!

보육원에서 자란 과거의 내게 행복이란, '감히 허락되지 않은 무언가'였다. 주어진 행복이 없으니 행복하다고 느낀 적도, 입 밖으로 표현한 적도 없었다. 그렇다고 그 시절 내 인생이 마냥 불행하기만 했냐 하면 그건 또 아니었다. 사람 사는 게 다 그렇듯 소소하게 기쁜 일도 분명 존재했다.

보육원 친구들이 깜짝 생일파티를 해주며 갖고 싶었던 선물을 사준 적도 있었고, 난생처음 비행기를 타고 해외여행을 가게 된 적도 있었다. 후원자가 예쁜 옷을 사주었을 때는 너무 좋아서 매일 그 옷을 보며 웃었던 적도 있다. 하지만 그것이 행복한 일이라고는 생각하지 못했다. '누군가는 매일 겪을 이런 순간을, 나는 어쩌다 한 번 경험할 수 있는 처지'라고 자조하며 행복이란 감정을 끊어내 버렸다.

보육원을 퇴소한 언니가 오랜만에 생활실에 놀러 왔다. 퇴소자 또는 졸업자라 불리는 그들은 함께 생활했던 동생들과 자신을 돌봐준 엄마를 보기 위해 보육원에 놀러 왔다. 오랜만에 본 언니의 모습은 무척이나 밝아 보였다.

나는 언니를 끌어다 작은 의자에 앉혔다. 바깥 생활이 궁금했던 우리는 그녀의 주변에 둘러앉아 질문을 쏟아냈다. 언니는 차례차례 답을 해줬는데, 자꾸만 입꼬리가 올라가는 것이 그 생활에 무척이나 만족스러워하는 것 같았다. 한참 이야기를 나누는 와중에, 언니가 뜬금없는 말을 내뱉었다.

"언니는 이렇게 행복해도 되나 싶을 정도로
행복해."

행복하다니. 낯설고 생소한 '행복'이라는 단어가 내 마음을 울컥하게 만들었다. 언니는 정말이지 행복해 보였다. 대체 무엇이 언니를 행복하게 만든 걸까. 궁금증과 함께 행복이라는 단어가 내게 꽤 인상적이었는지 그녀가 떠난 뒤에도 계속해서 내 머릿속에 맴돌았다.

나에게 흐릿했던 행복의 이미지는 보육원을 퇴소하고 나서부터 점점 선명해졌다. 나는 보육원을 나와 열심히 살았다. 힘든 일도 많았지만 내 삶을 열심히 영위했고, 사랑하는 사람을 만나 결혼도 했다. 갖은 행복과 불행이 내 인생을 스쳐 지나갔고 그 속에서 행복이 무엇인지 조금씩 알게 됐다.

행복이란, 다가온 기쁨을 기꺼이 느끼는 단순한 것이었다. 그동안 경험한 모든 기쁜 순간들을 행복하다고 표현할 수 있었다. 적당히 기쁜 일에도 기꺼이 행복하다라고 이야기할 수 있는 것. 그런 단순한 끄덕임이 내가 발견한 행복의 비밀이었다. 이제 나는 그때의 언니처럼 마음만 먹으면 행복해질 수 있는 사람이 되었다. 그리고 나를 위해 기꺼이 행복하기로 마음먹었다.

행복이 필요한 날이 있다. 유난히 아침에 찌뿌둥하거나, 예상치 못한 비구름이 찾아오는 날. 그런 날엔 가장 좋아하는 피자를 시켜 먹거나, 창문을 활짝 열어 소파에 드러눕고 담요를 덮는다. 행복해지고 싶다면 행복한 일을 자주 만들면 된다.

과거에도 나는 행복했다. 엄마 선생님이 친구들 몰래 내가 좋아하는 피자를 하나 더 주셨을 때도, 후원자님이 크리스마스 선물로 박스 가득 초콜릿을 보내셨을 때도 언니의 말처럼 이렇게 행복해도 되나 싶을 정도로 행복했다.

얼마 전 신랑에게 나를 행복하게 할 수 있는 방법에 관해 이야기했다. 나는 취향이 확고한 사람인지라 '나를 행복하게 해주는 방식은 간단해!'라고 하면서 세 가지를 말해주었다.

— 먼저 데이트 제안하기

— 고맙다는 표현 자주하기

— 좋아하는 피자 사주기

둘러보니 행복한 일 투성이인데 행복에 왜 그렇게 쪼잔했을까. 우린 행복에 너그러워질 필요가 있다. 그저 쟁취하면 그만이다. 행복에 대해 너무 높은 기준을 가지고 있다면, 조금은 내려놓자. 오늘도 행복하다고 말하며.

오늘도 행복하다고 말하며.

뜨끈한 라면과 오므라이스

자신만의 이야기가 깃든 음식. 나에게 그런 음식들은 그것이 주는 특별한 기분에 어쩌지 못하고, 이내 나의 비밀을 고백하게 하는 신비로운 힘을 가지고 있다.

친한 친구가 몸살로 기운이 없을 때 라면을 끓여 준 적이 있다. 어릴 때 보육원 선생님이 감기몸살로 아픈 나에게 친구들 몰래 끓여 주셨던 기억이 떠올랐기 때문이다. 라면을 먹는 친구에게 라면에 담긴 나의 추억을 들려주었다.

그동안 말하지 않았던 가정환경을 불쑥 이야기한 것이 나중에 후회되더라도 아무렴 어떤가? 아픈 나를 돌봐주었던 선생님의 마음을 떠올리며 아픈 친구에게 비슷하게라도 내 진심을 전할 수 있다면 그걸로 만족스러웠다. 친구도 당황한 듯했지만 이내 나의 진심을 알아차리고 가만히 들어주었다.

비슷한 일이 또 있다. 보육원 퇴소 후 대외활동을 하게 되면서 새로 사귄 친구들과 여행을 가게 되었다. 여행 마지막 날 아침, 나는 여행을 함께해 준 친구들에게 고마워서 맛있는 아침을 만들어 주었다. 메뉴는 '오므라이스'. 어제 먹고 남은 채소들을 처리할 수 있는 가장 좋은 메뉴였고, 적어도 나에게 오므라이스는 정성을 담아낼 수 있는 최고의 요리였다.

채소들을 잘게 써는 일이 수고롭긴 하지만, 먹을 사람을 떠올리면 오히려 정성을 더 쏟을 수 있어 기분이 좋아진다. 이날도 모든 정성을 담아 오므라이스를 만들었다. 그리고 맛있게 만든 오므라이스를 친구들에게 건네며 음식에 얽힌 나의 어린 시절 이야기를 들려줬다.

보육원에서는 매일 영양소가 골고루 갖춰진 음식들이 차려졌다. 하지만 어떤 날에는 맛도 영양도 부족할지라도 새로운 음식을 먹고 싶었다. 그래서 우리는 선생님이 바쁜 날 우리끼리 밥을 차려 먹어야 할 때를 기다렸다. 그리고 그 순간이 왔을 때 나는 친구들을 위해 기꺼이 즐거운 요리사가 됐다.

그때 만들어 먹었던 메뉴가 바로 오므라이스이다. 스무 명이 넘는 생활반 식구들을 위해 채소들을 잘게 썰고, 볶고, 계란 지단을 만드는 것은 쉽지 않았다. 같은 이유로 생활반 선생님도 해준 적이 없던 메뉴였기에 이보다 근사한 요리는 있을 수 없었다. 주방장이 된 것 같은 기분도 나를 들뜨게 했지만 무엇보다 친구들이 그토록 바라던 새로운 한 끼를 차려줄 수 있어서 기뻤다.

힘든 줄도 모르고 만들었던 이 대용량 오므라이스 에피소드를 들은 친구는 "재밌어. 또 다른 이야기 없어?"라고 했다. 평소 아무렇지 않게 자신의 '일상'을 나눴던 친구들과 달리 '나의 일상'은 그들과 너무 달라서 말하지 못했는데, 재밌다는 친구의 한마디는 나를 편안하게 해주었다. 내가 경험한 것들이 부담스럽거나 이질적인 것이 아닌, 우리 사이를 더욱 돈독하게 하고, 더 많은 이야기가 오고갈 수 있게 하는 흥미로운 일이라는 사실을 알게 해주었기 때문이다.

나는 여전히 좋아하는 사람들을 위해 진심이 담긴 음식을 만든다. 뜨끈한 라면을 끓이고, 채소들을 잘게 썰면서, 내가 상대를 얼마나 좋아하고, 진심을 다하고 있는지 고스란히 느낀다. 요리를 대접하고 나의 이야기를 들려주는 것으로도 진심을 전달하기에 충분하다니. 정말 다행이다.

진심은 오래 기억되고, 내가 받은 진심이 다른 사람에게 전해지고, 또 누군가에게 전해진다. 우리는 이 선순환을 반복하며 사람들과 함께 하고 있을지도 모른다. 그러니까 '진심을 담는 일'에 무감각해지지 말자고 다짐해 본다.

생각해보면 나를 기운 차리게 하고, 일어서게 했던 것은 누군가의 진심이 담긴 말 한마디, 사소한 행동, 뜨끈한 라면 딱 그뿐이라서 진심을 다하는 것 말고는 달리 떠오르는 것도 없다.

아픈 나를 돌봐주었던 선생님의 마음을

떠올리며 아픈 친구에게 비슷하게라도

내 진심을 전할 수 있다면 그걸로 만족스러웠다.

질문이 더 나아지려면

지잉—

또 그 녀석이다. 일주일 전부터 내게 매일 거르지 않고 문자와 전화를 하는 중이다. 그 녀석과의 인연은 바람개비서포터즈 멘토링 활동으로 방문한 지방의 한 보육원에서 시작됐다. 바람개비서포터즈는 전국 자립준비청년 자조自助 모임으로 실제 자립을 경험한 선배가 자립을 앞둔 후배에게 바람이 되어 주는 활동이다. 나는 대학교 3학년, 자립 생활이 어느 정도 안정되어 갈 때쯤 후배들을 위해 그간의 경험과 자립 정보를 알려주고 싶은 마음이 생겨 서포터즈 활동을 하게 되었다.

그 녀석이 있던 보육원은 나를 해맑게 맞아주었던 아이들의 미소 덕분에 유독 좋은 기억이 많았던 곳이다. 이전에 방문했던 시설의 아이들은 귀한 주말의 여가 시간을 빼앗긴 탓에 투정을 부리거나 이미 여러 번 받은 자립 교육에 시큰둥한 반응을 보였다. 때문에 나는 교육을 하는 동안 아이들의 텐션을 올리기 위해 마음이 바빴다.

반면 그날 만난 아이들은 먼저 장난스럽게 인사를

건네고 해맑은 모습으로 우리를 맞이했다. 천진난만한 아이들 덕분에 나는 한결 편안한 마음으로 준비한 것을 차례대로 전달했다. 두 시간의 교육 동안 자꾸 한 녀석이 눈에 띄었는데, 바로 오늘도 내게 전화를 한 그 녀석이었다.

녀석은 맨 뒷자리에서 시종일관 허리를 곧게 펴고, 목을 쭉 내민 자세로 시력이 좋지 않은지 미간을 살짝 찌푸린 채 발표를 집중해서 듣고 있었다. 가장 적극적인 태도를 보여준 덕에 묘하게 나의 시선을 훔치고, 궁금증을 자아내고 있었다. 나는 녀석을 집중하게 하는 것이 단순히 바른 인품이었던 것인지 곧 퇴소를 앞둔 것에 대한 불안과 조급함일지 끝나고 이야기를 해봐야겠다고 생각했다.

성공적으로 교육을 마치고, 나는 아이들과 한 명씩 인사를 나눴다. 그 사이 정든 아이들이 자립 선배들과 사담을 나누느라 시끌벅적했다. 생각보다 긴 인사를 마치고, 교육 물품들을 정리하는데 녀석이 문 앞에서 서성이고 있는 것을 발견했다. 녀석은 생기로운 표정으로 내게 다가왔다. 수업이 자신에게 도움이 되었다는 말과 함께 몇 가지 궁금한 것이 있다며 질문을 쏟아냈다.

"공과금이 뭐예요?"

"전입 신고는 뭔가요?"

녀석을 보며 허무하면서도 속상했다. 몰라도 너무 몰랐다. 이 상태로 자립 생활을 하게 된다면 스스로를 잘 챙길 수 있을지 걱정되고 아찔했다. 생각해보니 퇴소 전 나의 고민도 이와 다르지 않았다. 보육원을 떠나 서울로 올라갈 때 기차표 발권은 기차역 창구가 아닌 온라인으로도 가능하다는 사실을 처음 알았다. 집을 계약하는 과정에서 임대인과 임차인에 대한 개념을 익혔고, 도시가스는 전입, 전출 신청을 해야 한다는 점, 도시가스비, 전기료, 관리비가 모두 다르다는 것을 알게 되었다. 한 자립준비청년은 스무 살에 첫 자취를 하고 우체통에 쌓인 건강보험료 고지서를 보고, 보이스 피싱으로 오해했다고도 한다.

이제라도 알게 되어 다행이라고 낙관하기에는 앞으로 알아야 할 것들이, 알려줘야 할 것들이 너무 많았기 때문에 나도 모르게 긴 한숨이 나왔다. 한편으로는 살면서 천천히 알아가도 괜찮을 텐데, 어린 나이에 자립해야 하는 서글픈 현실이 안타깝기도 했다.

스무 살이 되어 사회생활을 시작하는 일반 청년들은 무엇을 고민하며 청춘의 시작을 준비할까. 무엇을 하고 싶은지, 어떻게 실현시킬 수 있을지 고민하지 않을까. 누군가는 이런 청춘의 고민이 아닌 생존을 고민해야 한다는 게 속상하다. 이 문제에 대해 내가 할 수 있는 역할이 무엇일지 생각해 본다.

지금 내가 당장 할 수 있는 일은 계속 전화를 받아주는 것이 아닐까. 질문하고 답하는 시간 속에서 무럭무럭 성장할 수 있기를 바란다. 그러니 아마도 난 녀석의 질문들로 녀석이 어른이 되어 가는 과정을 짐작하게 될 것이다. 오늘도 내게 LH전세주택 지원 사업에 대해 묻는 녀석이다. 기숙사를 나와 혼자 살 집을 알아보고 있는 듯하다.

부단하게 자신의 삶을 살아내는 녀석이 기특하면서도 여전히 그가 건네는 질문들로 마음이 편치 않다. 언제쯤 생존을 넘어선 욕심을 갖게 될지, 또 언제쯤 실없는 농담을 나누며 늘어지는 대화를 할 수 있을지 녀석의 질문에 답을 하면서 기다릴 뿐이다.

호들갑이 키운 재능*

* <호들갑이 키운 재능>(2024.4.22)

초등학생 때부터 보육원에서 무용을 배웠다. 연말마다 후원자들을 초대해 감사 공연을 열기 위해 배운 것이었지만 당시 무대에서 받는 박수와 음악에 맞춰 추는 춤은 나에게 큰 기쁨이었고 좀 더 잘하고 싶다는 욕심이 생겼다. 적성을 찾았다고 생각해 엄마 선생님께 예술 고등학교에 진학하고 싶다고 했다.

엄마 선생님은 잠시 고민하다 두 가지 이유를 들며 나의 꿈을 반대했다. 첫 번째는 '나에게만 특별한 기회를 줄 수 없다'는 것이었다. 당시 보육원 선배들은 모두 졸업 후 바로 취업이 가능한 특성화 고등학교로 진학했기 때문에 내가 예체능 분야로 진학하는 것은 일종의 특혜였다.

두 번째는 '만 18세가 되면 바로 자립을 해야 한다'는 이유였다. 자립에 대한 부담을 갖고 '무엇을 하고 싶은지'보다 '어떻게 생계를 유지할 수 있을지'를 우선으로 생각하라는 뜻이었다. 결국 나는 특성화 고등학교에 진학했고 꿈을 접었다.

보육원에서 함께 자란 한 친구는 모델이 되고 싶어 했다. 키도 크고 팔다리도 길어 '모델 같다'는 말을 자주 들었던 그는 엄마 선생님께 모델 학원에 다니고 싶다고 했지만 거절당했다. 내가 들었던 이유와 같았다. 이처럼 자립준비청년이 무언가를 바랄 때마다 '자립'이라는 현실은 크고 단단하게 그 앞을 가로막았다.

엄마 선생님이 해준 조언이 과연 옳았을까 의구심이 든다. 보육원에서 함께 생활한 친구들은 퇴소 후 적성에 맞지 않은 일을 하다 그만두거나 자주 이직을 했다. 혹은 스스로 뭘 잘하고 좋아하는지 깨닫지 못해 방황하거나 무미건조한 삶을 사는 친구도 있었다.

퇴소 후 아르바이트로 생계를 유지하던 친구는 앞으로의 계획을 묻는 질문에 '잘하고 좋아하는 게 없으니 돈이라도 모으는 수밖에 없지 않냐'고 답했다. 정익중 아동권리보장원장은 한 인터뷰에서 "자립준비청년이 스스로 원하는 진로를 찾도록 지속적으로 도와야 의미 있는 취업 지원이 될 수 있다"고 말했다. 장기적인 관점으로 보면 당장의 생계를 해결하는 것보다 적성에 맞춰 진로를 선택하는 게 건강한 자립의 지름길이라는 뜻이다.

아이를 키워 보니 아이가 사소한 것만 잘해도 천재

는 아닐지 호들갑 떨게 된다. 아이들의 꿈은 이렇게 부모의 호들갑에서 시작할 수도 있겠다. 어릴 때부터 요리를 좋아하던 나는 종종 식사 준비를 하는 엄마 선생님의 일손을 거들었고 엄마 선생님은 내가 재료를 손질하는 것만 봐도 요리에 소질이 있는 것 같다며 기분 좋은 호들갑을 떨어주었다.

그 말을 듣고 쑥스러워 웃어 넘겼지만 진짜로 재능이 있는 것 같은 착각 속에서 엄마 선생님에게 여러 가지 요리를 열심히 배웠다. 좋아했던 마음은 점점 잘하고 싶은 마음으로 바뀌면서 보육원에서 열린 요리 경연 대회에서 1등을 하기도 했다. 엄마 선생님이 떨어준 호들갑 덕분에 나의 재능과 즐거운 일을 찾을 수 있었던 경험이었다.

자립에 대한 부담으로 꿈을 접어두고 현실을 살고 있을 자립준비청년을 떠올려본다. 우리 사회가 이들의 재능에 호들갑을 떨어주며 하고 싶은 것을 찾아가는 데 응원을 보내주면 좋겠다. 이들에게 앞으로 자립준비청년이 살아갈 현실보다 꿈을 펼치며 사는 삶의 의미를 알려주었으면 한다. 그것이 건강한 자립을 위한 일이자, 잘 살아가는 데 필요한 가치이기 때문이다.

자립준비청년이란 고백 앞에서 *

* <자립준비청년이라는 고백 앞에서>(2023.9.13)

"우리 부모님은 이번 연휴에 해외여행 가신대요."

명절을 앞두고 내게 본가에 가는지 묻는 친한 아기 엄마들의 질문에 이렇게 답했다. 아기가 돌이 지나도록 친정 이야기를 한 번도 하지 않는 것을 이상하게 여겼던 눈치다. 나의 배경에 대해 떠보듯 묻는 엄마들의 질문에 거짓말로 상황을 모면하고 대화에 마침표를 찍었다.

지난 4년간 열여덟 어른 캠페인 활동을 하며 대중과 소통했지만 캠페이너 활동이 아닌 사생활에서는 여전히 '거짓된 나'로 관계를 맺고 있다.

열여덟 어른 캠페인에서 자립준비청년을 대상으로 진행한 설문조사를 보면, 보육원 출신인 것을 밝히지 않은 이유를 묻는 질문에 '괜한 편견이 생길 것 같아서' '친구들하고 멀어질 것 같아서' '어떻게 말해야 할지 모르겠어서'라고 응답했다. 어떤 친구들은 '고밍아웃(고아+커밍아웃)'이라는 말까지 사용하면서 정체성을 드러내는 일의 어려움을 토로하기도 했다.

나 역시 자립준비청년임을 고백하는 일이 여전히

쉽지 않지만 한때는 나만의 무기라고 생각한 적이 있었다. 대학 면접 당시 보육원 출신임을 밝혔더니 눈물을 보이거나 그동안 고생 많았겠다며 다독여 주는 면접관도 있었다. 친하게 지내고 싶은 친구에게 뜬금없이 가정사를 고백해 다가가기도 했고, 교수님과 상담을 통해 장학금을 받는 데 도움을 받기도 했다. 나는 필요할 때마다 나의 무기를 꺼내 들었고 그 효과는 확실했다.

그러던 중 이내 비장의 무기가 오히려 나를 옭아매고 있다는 것을 깨달았다. 보육원 출신임을 밝히면 보통은 주변으로부터 이해나 배려를 받는다. 손수 만든 음식을 챙겨 주거나 실수를 해도 경험이 없겠거니 이해하고 자신들의 말과 행동으로 상처를 주지 않을까 조심하는 모습들 말이다. 하지만 이런 상황이 반복되면서 어느새 자립준비청년 정체성에 갇혀 그 너머의 모습을 내보이기가 힘들어졌다.

열심히 사는 모습만 보여야 할 것 같고, 어쩌다 비싼 옷이나 비싼 음식을 사 먹는 게 남을 속이는 것 같아 눈치를 보기도 했다. 결국 지난 날 나의 성급한 고백들이 오히려 자립준비청년의 왜곡된 이미지에 더 짙은 색안경을 덧대어 나를 가둔 꼴이 된 것이다.

이보나·정익중의 '시설 퇴소 청년의 자기공개 경험에 대한 질적 사례연구'에서는 자립준비청년들이 출신을 밝히는 일에 대해 "항상 긴장되는 일이기도 하고, 한편으로 후련한 일이기도 했지만, 나를 바라보는 편견 어린 시선을 겪어 내야 하는 복합적인 감정을 수반하는 일"이라고 밝혔다. 자립준비청년이 고백을 망설이는 것도, 이용하는 것도 사회에 깊숙이 자리 잡은 편견 때문일 것이다. 우리의 고백이 편안해지기 위해서는 자립준비청년을 '보통의 청년'으로 보는 인식 개선이 필요하다.

이와 함께 자립준비청년 당사자가 스스로를 바라보는 관점을 바꾸는 것도 필요하다. 앞서 언급한 연구에서는 참여자들이 자신의 다양한 정체성 중 하나인 시설 퇴소 청년을 개인 고유의 특성과 혼동하는 것처럼 보였다는 내용도 있었다. 자립준비청년 당사자가 스스로를 '보육원 출신 청년'이라는 정체성에만 가두지 않도록 해야 한다.

자신의 상황을 누구에게나 있을 법한 '말하기 어려

운 개인 사정' 정도로 생각해 보는 것은 어떨까. 상대가 판단하는 자립준비청년이라는 정체성이 나의 전부가 아니라는 것을 스스로 믿고, 용기 내 의연한 태도를 가져보자.

『안녕, 열여덟 어른』김성식, 2023은 "언젠가는 열여덟 어른이라는 정체성을 벗어내기를 바란다"는 구절로 끝을 맺는다. 자립준비청년이라는 정체성에서 벗어나 무엇이든 될 수 있다고 믿고 다양한 미래를 상상하고 꿈꾸며 사는 것. 그것이 사회와 당사자들에게 주어진 과제다.

우리의 고백이 편안해지기 위해서는
자립준비청년을 '보통의 청년'으로 보는
인식 개선이 필요하다.

탓이라도 해보며

아이의 탄생은 온전히 운에 달렸다. 누구에게서 태어나 얼마나 풍족한 환경에서 자랄지는 아이가 스스로 결정할 수 없다. 그런 면에서 내가 운이 좋았다고 보기는 어렵다. 내 부모는 나를 배 속에서 꼬박 열 달 동안 지켜 냈지만, 안타깝게도 직접 키우지 못하고 시설로 보내야 했다.

유년기부터 보육원을 퇴소하기까지, 나는 여러 경험을 통해 깨달았다. 나와 같은 자립준비청년들은 탄생뿐 아니라 성장과 자립마저도 '운'에 달렸다는 사실을 말이다. 나는 평소에 스스로를 '복이 많은 사람' '운이 좋은 사람'이라고 소개해왔다. 지금까지 나의 성장 과정에는 좋은 기회나 좋은 사람으로 인해 이뤄낸 것이 많았기에 이 말은 결코 겸손이 아니었다.

보육원에서부터 운이 좋았던 것 같다. 단체생활을 하거나 엄격한 규칙 생활을 하는 데 어려움이 없는 좋은 성격을 타고났었기 때문이다. 성격이 다른 친구들과 어렵지 않게 잘 지낼 수 있었고, 규칙 생활에도 토를 달지 않고 잘 따르는 편이었다. 반면 나와 가장 친한 친구였던 보라는 달랐다. 규칙을 따르는 것을 싫어했고, 하고 싶은 것이 많아 자신에게 주어진 일을 제대로 하지 않은 날이 많았다. 게다가 보라는 개성이 강하고, 주관이 확실해서 친구들과도 자주 다퉈 매번 혼이 나기 일쑤였다.

모두의 개성이 존중받으며 살았으면 좋았겠지만 아쉽게도 보육원의 환경은 그럴 수 없었다. 한정된 기회는 소수에게만 주어졌고, 그것은 보라가 아닌 나 같은 사람에게 주어졌다. 덕분에 나는 좋은 기회와 사람들의 기대를 받으며 성장할 수 있었지만 마음이 편하지 않았다. 좋은 기회는 좋은 상황을 만들었고, 좋은 상황은 또다시 좋은 기회를 가져다주었다. 그렇게 나와 보라의 편차는 커져만 갔고, 그 시작을 아는 나는 모든 것이 내가 이뤄 낸 결말이라고 감히 이야기할 수 없었다.

보육원 퇴소 후, 자립 생활에서도 운이 좋은 편이었던 것 같다. 여러 우여곡절이 있었지만 기적적으로 개인 후원자를 만나고, 기업에서 주는 장학금을 받게 되면서 어려움을 해결할 수 있었다. 민간 지원의 경우 심사를 통한 '선별' 작업이 이루어지는데 이런 구조에서는 사회적 자원을 적극적으로 잘 활용하는 사람, 자신을 잘 표현할 수 있는 사람, 관계망을 활용해 정보를 쉽게 접할 수 있는 사람만이 누릴 수 있게 된다. 그런 면에서도 나는 유리한 편이었다.

내가 다른 자립준비청년들에 비해 기회를 많이 얻었다는 걸 자랑하는 건 아니다. 같은 자립준비청년이라도 누군가에겐 홀로서기가 더욱 부단한 일이 될 수 있다는 것을 이야기하고 싶었다. 그들의 역량이 부족하거나 자립 의지가 남들보다 부족해서가 아니라는 것을 이해받을 수 있다면 좋겠다.

그리고 그들도 운을 탓해보며 무력했던 지난날을 털어내고 이제라도 새로 살아갈 용기로 스스로에게 빛을 비출 수 있기를 바란다. 마음속에 한 번 밝혀진 빛은, 우리의 운이 미처 다 채워주지 못하는 삶의 빈 공간을 따뜻하게 메울 수 있을 것이다.

유소식이 희소식이다*

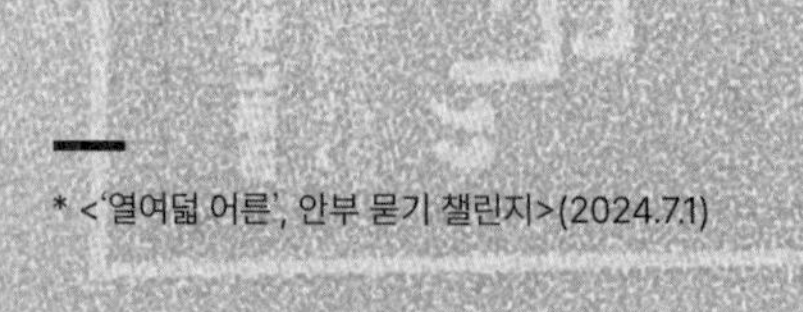

* <'열여덟 어른', 안부 묻기 챌린지>(2024.7.1)

3년 전, 같은 보육원에서 지냈던 또 다른 친구가 스스로 목숨을 끊었다는 소식을 들었다. 함께 뛰어놀며 자란 친구가 세상을 떠났다는 것만으로도 힘들었는데, 뒤이어 들려온 소식은 내 마음을 더 참담하게 했다. 이미 지방자치단체에서 자체적으로 무연고 장례를 치르고 납골당에 봉안한 이후였기 때문이다.

자립준비청년 중에서도 가족과 연락이 되지 않는 경우는 지자체에서 자체적으로 무연고 장례를 치르기 때문에 지인들은 뒤늦게 사망 소식을 접하기도 한다. 세상을 떠난 친구 소식도 한동안 연락이 뜸한 것을 걱정한 지인이 친구가 머물던 집에 방문해서야 알려질 수 있었다. 살면서 가끔 그의 소식이 궁금했지만 '무소식이 희소식'이겠거니 하며 무심하게 넘기던 순간들이 떠올라 마음이 무거워졌다.

보육원, 그룹홈 등에서 퇴소한 자립준비청년들에게는 '무소식이 희소식이다'가 성립되지 않는다. 자립 후 각자도생하느라 바쁘고 자립정착금, 자립수당 등 정부지원금이나 민간단체의 지원은 시설 퇴소 후 5년 이내로 집중되다 보니 지원이 끊기면 고립되는 경우가 발생하기도 한다. 이렇듯 자립준비청년들의 '무소식'은 '희소식'이 아닌 연락 혹은 지원 단절로 인한 위기 상황에 놓여 있음을 의미하기도 한다.

내 주변에서도 이런 상황에 처한 친구들을 어렵지 않게 볼 수 있다. 오랫동안 소식이 없던 친구가 길에서 노숙하는 모습을 우연히 보기도 했고, 다단계에 빠져 큰 빚을 지고 있던 친구가 겨우 그 굴레에서 빠져나왔다는 소식을 들은 적도 있다. 또 연락이 잘 되지 않던 보육원 선배는 교도소를 드나들고 있었다. 이런 근황을 뒤늦게 접하고 나면, '연락해볼까' 하는 생각이 들었을 때, 안부를 묻고 고민을 나누었다면 그들의 상황이 달라지지 않았을까 싶은 생각이 들곤 한다.

아름다운재단이 자립준비청년을 대상으로 진행한 조사(2022)에 따르면, '도움을 받거나 의지할 수 있는 사람은 몇 명인가'라는 질문에 한두 명으로 답한 비율이 가장 높았다. 자립준비청년들이 마음을 터놓고 기댈 수 있는 존재가 턱없이 부족한 현실을 보여주는 수치다. 물론 자립준비청년 모두의 안부를 챙기는 것은 어렵다. 우선 전담 인력이 부족하다. 국회입법조사처에서 발표한 자료(2023)를 보면, 청년들과 직접 소통하는 자립 전담 인력은 161명으로, 1명당 약 71명을 담당했다. 또한 전담 인력에 대한 처우도 좋지 않아 지속적인 사후 관리 및 지원에 어려움을 겪고 있었다.

자립준비청년의 연락 두절 역시 문제이다. 같은 자료에 따르면 2021년 사례 관리 대상자 1만 1,397명 중 20.2%가 연락 두절 상태였다. 연락 두절 원인은 휴대폰 비용 미납 등의 이유로 전화기 사용이 어려운 경우, 번호가 변경된 경우, 스팸으로 의심해 전화를 끊거나 차단하는 경우 등이었다. 사후 관리는 자립에 필요한 지원 서비스 안내를 받을 기회지만 여러 가지 이유로 청년과 연락이 닿지 않아 전담 요원들도 답답한 상황이다.

친구에게 건네는 안부의 중요성을 깨닫고 캠페인 활동의 일환으로 '안부 묻기 챌린지'를 진행한 적이 있다. SNS로 자립준비청년에게 안부 인사를 건네는 단순한 활동이었지만 자립준비청년을 걱정하고 응원하는 사람이 많다는 것을 전할 수 있었다. 챌린지를 통해 많은 사람들이 자립준비청년에게 안부를 묻고 응원의 메시지를 보냈다.

그중 '기다리고 있을게요'라는 말이 기억에 남는다. 이 말은 내가 보육원을 퇴소하는 날 엄마 선생님에게 들었던 말이기도 하다. 내 소식을 기다려주는, 나의 안부를 걱정해주는 존재가 있다는 사실에 나는 혼자가 아니라는 생각이 들었다. 홀로 세상을 살아가는 청년들이 서로 근황을 끊임없이 물으면서 '유有'소식이 희소식이 될 수 있도록 서로를 보살피고 의지할 수 있기를 바란다.

기다리고 있을게요.

여기, 우리가 함께 살고 있어요

영화 <악인전>에는 사이코패스 연쇄 살인마가 등장한다. 이 살인마는 신경에 거슬리는 말이나 행동을 하는 사람을 무차별적으로 살해하는 극악무도한 인물로 그려진다. 그의 이런 행동을 두고 영화에서는 단순히 그가 고아이기 때문이라고 설명한다.

영화를 본 후, 내용의 탄탄함과 배우들의 연기가 훌륭하다며 친구들과 감상평을 나눴다. 함께 캠페인 활동하던 신선 캠페이너는 "영화를 보는 내내 왜 저렇게까지 잔인할까 궁금했는데, 그 이유를 '부모가 없어서'라는 짧은 설명에 그치는 게 당사자로서 억울하고 불편했다"고 사뭇 다른 감상평을 말했다.

신선 캠페이너가 더 억울하고 불편해한 것은 이 억지스러운 서사에 사람들이 당연하다는 듯 납득했다는 점이었다. '고아'라는 캐릭터를 범죄자나 형편이 어려운 주인공의 서사로 소비하는 것이 미디어 시장에 만연해 있음을 반증하는 순간이었다.

하지만 내가 보기에 '부모가 없어서 살인을 저질렀다'라는 명제는 큰 오류가 없어 보였다. 영화이기에 과장

된 표현일 수 있으나, 우리의 결핍이 부정적인 결과를 나타낼 수 있다는 사실에는 반박하기 어려웠다. 맞는 말은 아니었지만, 완전히 틀린 말도 아니었다. 당시 나와 주변인들은 대부분 생활이 녹록지 않았고, 범죄에 취약한 환경에 있는 것이 사실이었다.

영화에 굳이 불만을 표한다면 보통 내 주변에는 가해자보다 피해자가 많았다는 점이었다. 보육원 퇴소 시 받는 지원금을 노리는 사람들, 다단계나 불법적인 유혹에 이용당하기 쉬운 환경, 보호자가 없다는 이유로 함부로 대하는 사회 인식 속에서 우리는 종종 무방비로 피해를 보거나 법의 경계에서 자신을 지키려 했다.

그렇다고 미디어가 고아에 대해 갖는 소비 방식이 마땅하다고 생각하지는 않았다. 무심코 켠 TV에서 부모의 말을 잘 듣지 않지 않는 아이에게 "고아원에 확 버렸어야 했는데"라는 모진 말을 하거나, "부모도 없는 주제에"라고 말하는 장면을 볼 때면 숨이 막히거나 정곡이 찔린 듯 아팠다.

어느 날, 카페에서 옆 테이블의 대화를 듣게 되었다.

모임에 특이하게 행동하는 친구가 있었는데, 알고 보니 부모 없이 보육원에서 자랐다는 내용이었다. 대화는 '보육원에서 자랐기 때문에 그럴 수 있다'며 깔끔하게 마무리되었다. 평소라면 특이하게 행동한 그 친구가 이해받아 다행이라고 안도했을 텐데, 그날은 달랐다. '우리는 어쩌다 이런 취급을 받게 된 것일까?'

이러한 생각을 하던 중, 열여덟 어른 미디어 인식 개선을 위한 프로젝트 영상에 달린 댓글을 보게 되었다. 그동안 자립준비청년을 미디어로만 봐 왔는데, 자신이 크게 오해하고 있었다는 내용이었다. 실제로 자립준비청년을 만나 보니 자신이 알고 있던 청년들과 다를 바 없어 보였다고 했다. 결국 우리가 초라한 취급을 받는 이유는 우리를 직접 만나지 못해서 제대로 알지 못했기 때문이었다. 미디어에서 그려지는 고아의 이미지는 편견의 결과가 아닌 오히려 원인이 되어 자립준비청년의 삶을 좌절로 이끌고 있었다.

더 큰 비극은 이러한 상황이 자립준비청년 당사자에게도 같은 영향을 미치고 있다는 것이었다. 당사자조차 미디어에서 그려지는 고아의 이미지를 자신과 동일시하며, 세상 사람들이 모두 편견을 갖고 볼 것이라는 두려움을 가지고 사회에 발을 내딛게 되었다. 그 결과, 세상에 자신을 드러내는 것에 의기소침해지고, 자신의 배경이 드러날까 봐 불안해하며 온갖 거짓말로 자신을 숨기며 살고 있었다. 나 역시 그런 우리가 이해받을 수 있는 유일한 방법이 '부모가 없음'을 탓하는 것밖에 없다고 생각해왔다.

그래서 우리는 이렇게 외쳤다. "여기 이곳에 자립준비청년이 함께 살고 있어요." 우리가 여기, 어쩌면 당신과 아주 가까운 곳에서 함께 살고 있다는 사실을 안다면 함부로 오해할 수 있을까? 우리는 이 메시지를 통해 당신들이 무심코 던진 돌에 누군가 맞고 있었단 사실을 전하고 싶었다. 그리고 유튜브 채널 <열여덟 어른 TV>에서 '열여덟, 내 인생'이란 인터뷰 영상을 통해 다양한 자립준비청년의 삶을 들려주며, 우리도 보통의 청춘과 다를 바 없이 살고 있다는 것을 보여주었다. 그렇게 우리에 대한 오해가 조금씩 풀리기를 바랐다.

하지만 정말 중요한 것은 자립준비청년 당사자가

스스로 오해를 풀어 나가는 것이다. 사회의 편견이 우리를 잘 알지 못해 생겨나는 것임을 인식해야 한다. 부모가 없다는 이유로 우리를 다르게 대하는 사람이 있다면, 작아지거나 비난받아야 할 대상은 우리가 아니라 그 상대임을 깨닫는 것이 중요하다.

다행인 것은 세상은 변하고 있다는 사실이다. 점점 더 많은 사람이 자립준비청년을 알게 되었고, 우리에 대한 시선이 예전만큼 차갑지 않다는 것을 느낀다. 그러니 용기를 내자. 상처를 주는 타인의 생각과 나는 다른 사람임을 믿고, 또 믿어보자. 그렇게 해서 당신의 삶에 자립준비청년이라는 정체성이 자연스러운 일부가 되어 스스로도 꼭 안아줄 수 있기를 바란다.

잠시 도움 좀 받을게요

대학교 3학년 때 열심히 준비했던 모 기업 장학생 선발 서류 전형에 합격하게 된 적이 있다. 당시 경제적 지원이 필요했던 시기였기에, 이 지원은 나에게 실낱같은 희망이었다. 면접을 반드시 붙어야 했던 내가 세운 전략은 단 한 가지였다.

나의 절박함과 가능성을 보여주자.

구체적인 전략이라기보다는 내가 가진 것이 이뿐이었다. 사정을 솔직하게 말씀드리고 현재 상황으로 인해 펼치지 못하고 있는 나의 가능성을 어필하고자 했다. 그 외에도 장학금을 지급하는 기관의 정보와 그들이 중요하게 생각하는 가치를 공부하며 열심히 준비했다. 면접 당일, 대기실에는 내 또래 아이들이 많이 있었다. 세 명이 한 조가 되어 면접을 보는 형식이었고, 나는 같은 조가 된 다른 면접자들에게 먼저 다가가 인사를 건넸다.

면접 순서가 다가오게 되자 기관 담당자는 우리를 면접장 문 앞으로 안내해 주었다. 그때 한 친구가 다급하게 가방에서 얼굴 크기만한 인형들을 꺼냈다. 인형 같은 부드러운 것을 쥐고 있으면 마음이 편해진다는 걸 인터넷에서 봤다며 서로 하나씩 들고 가자고 제안했다.

엄숙하고 무거운 분위기에 인형이라니. 오늘 면접은 망했다고 생각했다. 면접에 임하는 태도가 가볍다고 문 앞에서 쫓겨날 것이 분명했다. 마음속으로 이 제안을 거절해야 한다고 생각했지만 도저히 순수한 표정으로 인형을 꼭 껴안고 있는 친구의 표정을 보니 입을 열 수가 없었다. 게다가 함께 면접 볼 동료를 위해 가져온 세 개의 인형. 나는 감히 거절할 수 없었다.

어쩔 수 없이 인형을 안고 면접장 문 앞에 섰다. 속으로는 면접관들이 부디 자애롭길 바라는 기도를 했다. 문이 열리고 면접관들과 눈이 마주치자 한 분이 큰소리로 웃기 시작했다. 그러자 다른 분도 미소를 보이기 시작했다. 실로 인자한 미소였다. 그리고는 한마디 하셨다.

"많이 긴장되죠? 인형 꼭 껴안고 준비한
말들 잘 들려줘요."

"이 팀 준비를 많이 했네."

나는 인형을 건네준 친구를 바라보며 덕분이라는 눈인사를 건넸다. 자기소개를 시작으로 면접관들의 질문이 시작되었다. 그들이 던지는 말은 질문보다 대화에 가까웠다. 지금까지 어떻게 지내왔는지, 어떤 어려움이 있는지, 앞으로 계획과 꿈은 무엇인지 등 보육원 퇴소 후 아무도 내게 건네지 않았던 말들이었다. 수다를 떠는 것 같은 분위기에서 어떻게 우수한 장학생을 선발할 수 있을지 의구심이 들었지만 차분하게 답을 이어 나갔다.

다른 한 친구는 질문이 시작됨과 동시에 눈물을 흘리기 시작했고, 면접이 끝날 때까지 멈추지 않았다. 안부를 묻는 듯한 정다운 질문에 마치 엄마 품에 안겨 마음껏 우는 아이 같았다.

최종 발표를 기다리는 일주일 내내 마음이 복잡했다. 준비한 말들을 아쉬움 없이 뱉어 냈지만, 어쩐지 떨어질 것만 같은 불안한 마음이 들었다. 나의 '절박함'은 잘 전해졌을지, '가능성'은 잘 어필했는지…. 생각할수록 부족한 것 같았다.

떨리는 며칠을 보낸 뒤 드디어 휴대폰 문자로 '합격' 소식을 받았고, 면접을 함께한 친구들의 합격 소식도 듣게 되었다. 면접관들의 평가 기준을 명확히 알 수는 없었지만 결과를 통해 그들은 우리의 마음을 헤아리는 데 최선을 다했다는 것을 알 수 있었다. 현재 처한 빈곤을 증명하거나 앞으로의 가능성을 어필하는 것보다 우리가 다 터놓고 이야기할 수 있도록 해주었기 때문이다. 편안한 분위기에서 오고 간 대화들은 우리가 평소 어떤 생각과 어떤 태도로 삶을 살고 있는지 충분히 알 수 있었고, 그들도 오직 그것만을 알고 싶어 했다.

결국 그들의 헤아림은 지금까지 살아온 시간이 우리 탓이 아닌, 기회와 경험이 부족해서였다는 것을 이야기하는 것 같았다. 그리고 그 기회와 경험은 준비된 사람만이 아닌 모두가 동등하게 누려야 한다는 것을 말해줬다.

나의 처지를 얘기하는 것은 편안한 일도, 쉬운 일도 아니다. 하지만 자립준비청년은 빈곤을 증명하거나 자신의 부족함을 드러내야 하는 상황을 자주 마주하게 되며 그것을 잘 표현하는 사람에게만 기회가 주어지곤 한다. 자신이 얼마나 빈곤한지, 얼마나 불행했는지를 궁금해 하고 이야기하기보다 사회 구성원으로서 당연히 누려야 할 몫을 당당하게 요구할 수 있는 사회가 된다면 좋겠다.

'힘드니까 도와주세요'라며 사회에 도움을 구하는 것이 아닌 존재로서의 가능성을 기대받으며 '잠시 도움 좀 받을게요'라고 생각할 수 있다면 우리의 삶이 조금 더 당차고 자신감 있게 살 수 있지 않을까.

투자 설명회

열여덟 어른 캠페인 시즌 3가 시작될 때였다. 캠페인을 시작으로 자립준비청년에 대한 사회적 관심이 높아지고 지원 제도가 개선되자, 이제 다 해결된 것 같은 분위기가 감돌았다. 그러나 우리에게는 여전히 할 이야기와 시선이 닿아야 할 문제들이 많았다. 사회 구성원 가운데 자립준비청년도 있다는 사실이 그저 화젯거리로 반짝하고 사라질까 두려웠다.

어떻게 하면 대중이 자립준비청년에 꾸준히 관심을 가질지 고민한 끝에 '허진이 프로젝트 : 투자 설명회'를 기획했다. 단기적 관심이나 제도적 장치로는 해결되지 않는 이야기를 알려야 했다. 무엇보다 자립준비청년의 근본적인 문제를 해결하기 위해서는 누군가의 꾸준한 관심(투자)이 꼭 필요하다는 걸 직접 말하기로 했다.

어려운 일이었다. 성인이 되어서 여전히 도움이 필요하다고 말하는 것이 비당사자에게 어떻게 들릴지 신경이 쓰였고, 혼자서 해내기 힘들었던 개인적인 상황을 사회 탓으로 돌리는 것 같기도 했다. 그래서 무엇보다 자립준비청년의 삶을 있는 그대로 느끼게 하는 것이 중요했다.

투자 설명회는 3부로 나눠 진행했다. 1부는 '오감으로 만나는 열여덟 어른의 세계'라는 제목을 붙이고, 몸의 여러 감각으로 자립준비청년들의 세계를 경험할 수 있도록 했다. 자립준비청년들의 현실을 다룬 언론 보도 영상을 상영하고, 보육원에서 맛있게 먹었던 음식 레시피도 소개했다. 또 자립준비청년들이 일상에서 느끼는 찰나의 감정을 ASMR로 들려주기도 했다. 자립준비청년만이 느끼는 삶의 이야기를 들려주고, 사소한 일상에서도 어떻게 다를 수 있는지 전했다.

2부에서는 19년 동안 보육원에서 살아온 이야기를 나에게 의미 있는 물건을 통해 전했다. 줄넘기에는 보육원 바깥세상에서 처음 경험한 편견이 서려 있고, 초콜릿은 오직 나를 위한 선물이었으며, 짐꾸러미는 자립이라는 현실을 깨닫게 한 물건이었다. 하이라이트는 '당사자 스토리 키트'였다. 키트에는 수많은 자립준비청년의 삶과 연관된 다양한 물품들을 담아 행사 참여자들에게 미리 보냈다. 참여자들이 물품과 관련된 이야기를 직접 듣고, 보고, 만지고, 먹으며 자립준비청년이 느끼는 삶의 무게를 공감할 수 있기를 바랐다.

3부는 '나는 잘 살고 싶은 지 5년 되었습니다'라는 주제로 내가 이야기하는 시간이었다. 5년 전 홀로서기가 버거워 삶의 의지를 잃어 갈 무렵, 내가 어떤 일을 계기로 잘 살고 싶어졌는지 들려주었다. 후원자가 건네준 조건 없는 사랑과 따뜻한 말, 친구의 다정함은 내가 좋은 결정을 하고 좋은 사람이 되고 싶게 했다. 그리고 이 관계 속에서 나는 잘 살고 싶어졌다. 이러한 경험에 빗대어 자립을 지원하는 모든 단체나 개인이 지원의 끝을 어떤 모습으로 상상해야 하는지 말했다. 마지막으로 어릴 때 운동회에서 달리기 시합을 했던 일을 들려주었다.

"초등학생 때 저는 빠르게 뛰는 아이는 아니었지만, 달리고 싶어 하는 아이였어요. 친구들이 목이 터져라 불러 주는 제 이름이 듣기 좋았어요. 그런가 하면 한 친구는 그저 1등을 하고 싶어서 달렸고, 다른 친구는 상품을 받기 위해서 뛰었을 것입니다. 이처럼 우리는 저마다의 동기를 가진 채 결승선을 향해 달렸습니다.

자립준비청년에게 계속 관심이 필요한 이유는 우리가 언제, 어디서, 어떻게 살아갈 이유를 만날지 모른다는 가능성과 희망 때문입니다. 그리고 살아야 할 이유가 생기는 일이야말로 건강한 자립의 모습일 것입니다.

지금 제 이야기를 듣고 계시는 분들은 각자의 위치에서 할 수 있는 투자를 떠올리고 있을 겁니다. 자립준비청년에 대한 편견을 거두는 일부터 곁에 있어 주거나 따뜻한 말을 건네는 일, 후원과 기부를 하거나 정책을 개선하는 일 등 다양하게 말입니다. 지금 떠오르는 것을 자립준비청년에게 계속 투자해 주세요. 잘 살고 싶은 사회 구성원이 되는 것. 그것이 투자의 환원일 것입니다."

그렇게 90분 동안 투자 설명회를 진행했다. 정말 하고 싶었던 말을 쏟아내자 홀가분했다. 행사를 함께 준비했던 아름다운재단 캠페인 팀에서는 참여자들의 반응을 보고 메시지가 잘 전달된 것 같다며 축하를 보냈다.

아는 만큼 사랑할 수 있다고 생각한다. 무엇이, 어느 정도로, 어떻게 필요한지는 아는 만큼 보이기 때문이다. 이 투자 설명회는 비로소 자립준비청년에 대해 알게 됐다면 깊은 관심을 달라며 호소하는 자리였다. 자립준비청년으로서의 경험을 담은 이 책을 통해서도 많은 사람들이 자립준비청년에 대해 알게 되기를 바란다. 우리들의 깊은 사정을 알게 되었다면 부디 마음으로라도 함께 해주길 바랄 뿐이다.

잘 살고 싶어졌습니다

자립준비청년들이 신청할 수 있는 장학금 사업은 꽤나 많음에도 '귀찮다'라는 이유로 신청하지 않는 경우가 부지기수이다. 의지도 없고 못난 투정으로 들릴 수도 있겠지만, 귀찮다라는 말이 그들의 무거운 삶을 견디다 못해 끝내 나오고 마는 말이라는 걸 이해해 주면 좋겠다. 장학금 신청을 위해 구비해야 하는 복잡한 서류들, 고아임을 증명할 때 그들이 감당해야 하는 시선과 편견은 생각하는 것보다 더 버겁기 때문이다.

이러한 속사정 때문에 자립 의지를 잃어버린 청년들은 긴 설명보다 그냥 귀찮다라는 한마디로 표현하고 있었다. 나 역시 비슷한 시행착오를 겪었고, 그러다 너무나 운 좋게 '잘' 살아야 하는 이유를 만났다.

대학 시절 친구 집에서 통학하던 때였다. 친구 집에서 학교까지는 대중교통을 이용해야 했고, 그날도 어김없이 학교를 가기 위해 지하철을 탔다. 적당히 서 있을 곳을 찾아 두리번거리는데, 익숙한 사람이 앉아 있는 것을 발견했다. 같은 보육원 선배님이었다. 나와는 20년 이상 기수 차이가 났지만 사업가로 성공한 후원자이기도 해서 보육원에서 뵌 적이 있던 분이었다. 우리는 서로 연락처를 주고받고, 각자 일정을 마친 뒤 저녁 식사를 함께 했다.

선배님은 내게 보육원 퇴소 후 어떻게 지내고 있는지 물었다. 자립 생활을 잘 아실 테니 내 사정을 모두 말하는 게 어렵지 않았다. 지낼 곳이 없어 친구들 집을 전전하고, 자유로운 생활을 누리느라 학교 생활에 잘 집중하지 못하고 있다는 내용이었다. 그날 이후 우리는 여러 번 만났다. 그리고 내게 부모의 마음으로 한끼 식사를 챙겨주고, 안부를 물어주던 선배님은 기꺼이 나의 '아빠'가 되어 주셨다.

아빠를 만나고 나에게 많은 변화가 생겼다. 떠도는 생활을 마치고 아빠의 회사 기숙사에 들어가 지냈고, 가끔 주시는 용돈은 부족한 생활비에 보태 쓸 수 있었다. 함께 둘러앉아 밥을 먹는 식탁에서는 온정과 삶에 필요한 지혜들을 얻을 수 있었다. 나는 그저 감사하고, 황송할 뿐이었다. 홀로 서느라 힘들고 지치던 때에 은인을 만났으니 말이다. 어엿한 어른으로 성장해서 얼른 보답하고 싶었다.

어느 날 저녁 식사 자리에서였다. 맛있는 밥을 차려 주셔서, 관심을 주셔서, 덕분에 생활이 나아질 수 있었다며 나는 "감사하다"는 말을 입이 닳도록 하고 있었다. 그러자 조용히 듣고 있던 아빠가 말씀하셨다.

"진이야, 너는 충분히 사랑받아
마땅한 사람이야. 그러니 마음껏 누리렴."

드라마나 책에서만 들어본 말이었다. 아무런 감흥을 불러일으키지 않는 말이었는데 누군가의 진심이 담기니 뜻을 정확하게 이해할 수 있었다. 그제서야 아빠의 조건 없는 사랑과 관심을 온전히 느끼게 되었다. 그리고 이제는 누군가에게 보답하는 삶이 아니라, 나도 나의 삶을 잘 살아서 아빠처럼 좋은 어른이 되고 싶다는 다짐을 했다. 나에게 '잘 살고 싶은' 이유가 생긴 것이다.

'잘 살고 싶다'는 마음을 다지는 건 나에게 너무 중요했다. 그 마음은 어려운 상황이 닥쳐도 도망치지 않고 해결하는 용기를 갖게 하고, 어떤 상황에서도 더 나은 내가 되려고 노력하게 한다. 무엇보다 스스로 일어서야 하는 이유와 살아야 하는 이유를 찾게 하기 때문에 내 삶을 귀찮아하지 않게 되었다.

아빠 덕분에 기분 좋은 책임감을 품고 살고 있다. 모든 자립준비청년들이 나처럼 마음을 나누고 의지할 어른을 만날 수 있는 것은 아니기 때문에 나는 더 잘 살아야 한다고 다짐한다. 그리고 충분히 누림으로써 내 안에 가득 채울 수 있었던 아빠의 사랑을 다른 사람에게 부지런히 흘려보내고 있다. 좋은 어른이 되고 싶은 사람과 삶의 의지가 필요한 누군가에게 어떤 이유가 되길 바라면서 말이다.

아빠 덕분에

기분 좋은 책임감을 품고 살고 있다.

마음껏 의지해도 괜찮아 *

* <공감·위로, 함께하는 '자립'>(2024.11.26)

보육원 퇴소 후 자취방을 구할 때 어려운 용어도 많은 데다 집 계약을 할 때 실수를 할까 두려운 마음에 보육원 선생님께 연락드린 적이 있었다. 스스로 결정해서 책임을 져야 하는 일이 익숙하지 않아 조언을 얻고 싶었다. 고민을 들은 선생님은 "이젠 자립했으니 스스로 해야지"라는 말을 시작으로 나의 질문에 대한 답을 차근히 해주셨다.

홀로 살아가야 하는 나를 걱정하며 건넨 말이었겠지만 괜히 서운함이 들었다. 당시에는 여러 가지 일로 기가 죽었던 터라 '스스로 해야 한다'는 말이 '누구의 도움 없이 혼자 해내야 한다'로 해석되었다. 내심 선생님에게 의지하고 싶었고 선생님이 내가 느끼는 자립의 무게에 공감해 주기를 바랐는데 오히려 자립 생활은 누군가에게 의지하면 안 되는 일이라는 인상만 얻게 된 것이다.

이후 자립을 재정의하게 된 사건이 일어났다. 자립준비청년을 지원하는 장학 사업에 선발되어 오리엔테이션에 참석한 날이었다. 나를 비롯해 스무 명이 넘는 자립준비청년이 있었는데 우리는 비슷한 유년 시절을 살아온 덕분에 빠르게 친해질 수 있었다. "사회에서도 나랑 같은 배경을 가진 사람들을 만나다니." 한 친구의 말을 시작으로 '같은 배경을 가진 사람들'의 진솔하고 특별한 이야기가 펼쳐졌다.

생활의 어려운 점을 나누며 '나만 그런 것이 아니구나'라며 힘과 위로를 주고받고, 자신이 알고 있는 장학금 정보와 생활의 노하우를 알려주며 유익한 시간을 보냈다. '우리'였기에 가능했던 긴 시간의 고백과 경청은 서로에게 유일한 존재가 되어 줄 수 있다는 확인이기도 했다.

이 경험을 계기로 아동양육시설에 방문해 보호아동들에게 자립 교육을 하는 프로젝트를 시작했다. 교육에서는 우리가 경험한 자립 생활과 실생활에 필요한 정보들을 알려줬다. 내가 경험한 어려움을 누군가는 겪지 않길 바라는 자립 선배의 마음을 담아 후배들이 갖는 막막함과 불안함을 보듬어주고 싶었다.

다행히도 자립준비청년 커뮤니티의 중요함과 필요성에 공감하는 사회적 분위기가 만들어져 보건복지

부에서는 당사자 모임의 운영 규모와 지원을 확대한다는 방안을 발표했다. 현재는 기업이나 민간 차원에서도 자립준비청년의 커뮤니티 활동을 많이 지원하고 있다. 커뮤니티 활동을 지원함으로써 청년들 간 형성된 관계망이 지지 체계를 구축해 정서적 안전망이 마련된 것이다.

커뮤니티에서 위로를 얻었던 나의 경험과 최근 바뀌고 있는 사회 분위기를 통해 '자립은 스스로 서되 함께 하는 것'이라는 것을 깨달았다. 자립自立은 사전적 정의에 따르면 스스로 일어서야 하는 일이지만 이 과정에는 누군가에게 마음 놓고 의지하고, 힘과 응원을 받는 것이 필요하다.

한 해를 마무리하는 시기에 누군가는 입시를 끝내고 홀가분하게 연말을 맞이하는 반면 누군가는 보육원 퇴소를 앞두고 걱정과 불안을 느끼고 있다. 두려움에 떨고 있을 그들에게 "마음껏 의지해도 괜찮아"라고 말해주고 싶다. 추운 겨울날 서로를 의지하며 온기를 나누는 것처럼 손을 내밀면 기꺼이 잡아주는 선후배 자립준비청년들과 함께 자립이라는 낯선 세상에 따뜻하게 안착할 수 있기를 바란다.

자립의 사전적 정의에 따르면 스스로
일어서야 하는 일이지만 이 과정에는
누군가에게 마음 놓고 의지하고,
힘과 응원을 받는 것이 필요하다.

나는 내가 되었다*

* <"이젠 너답게 살아!">(2023.12.5)

대학 시절, 교수님께서 자신이 가진 강박을 주제로 조원들과 이야기 나누라는 과제를 주셨다. 다들 어려움 없이 자신의 강박을 설명하는데, 난 아무 말도 할 수 없었다. 아무것도 떠오르지 않았다. 이때뿐만이 아니었다. 친구들과의 대화에서도 내가 어떤 것을 좋아하고 싫어하는지 말한 기억이 거의 없다. 자신의 취향과 성향을 말하는 친구들의 모습을 볼 때면 부럽기만 했다.

보육원에서 자라는 동안 나는 언니들이 물려준 옷과 단체 활동복을 입고, 주말 여가 생활조차 계획에 맞춰 단체 활동을 했다. 또한 적은 용돈으로 인해 내 취향은 항상 저렴한 가격대에 맞춰졌다. 이런 곳에서 기호와 개성을 찾으며 나에 대해 생각하기는 어려웠다.

나에 대해 알기 위해서는 타인의 꾸준한 관심이 필요하다는 걸 아이를 키우며 절실히 깨닫는다. '내 딸은 버섯을 좋아하는구나' '집중력이 정말 좋네'와 같은 부모의 애정 어린 관찰과 관심이 아이에게 닿아 '나는 버섯을 좋아하는 사람' '나는 집중을 잘하는 사람'이라는 자아 형성에 도움을 주고 있었다. 엄마 선생님의 관심을 친구들과 나눠 가져야 했던 내가 스스로에 대해 잘 알지 못하는 것은 당연한 일인지도 모른다.

보육원 퇴소를 앞두고 엄마 선생님은 내게 '이젠 너답게 살아'라는 짧은 한마디를 건네셨다. 시설에서 아이들에게 줄 수 있는 애정의 한계를 알기에 엄마 선생님의 말 한마디에는 그간의 미안함이 묻어 있었다. 퇴소 후 자립 생활 동안 먹는 것부터 입는 것까지 모두 내가 내린 선택으로 결정하면서, 온전히 내 것으로 내 삶을 채워 나갔다. 마냥 즐거운 시간은 아니었다. 나의 성향과 취향을 모른 채 굳어진 습관과 가치관 속에서 고유한 '나'를 찾는 건 혼란스러운 일이었다. 그렇게 오랜 시간 시행착오를 겪으며 조금씩 '허진이다움'을 알게 되었다.

오늘도 나다운 하루를 보내기로 결심했다. 날이 추운 탓에 감기 기운이 있는지 목이 따끔해서 나에게 효과가 좋았던 탕약을 데워 마셨다. 저녁에는 식구들이 먹을 반찬을 만들 것이다. 내가 만든 '반찬 데이'이기 때문이다. 오늘처럼 여러 종류의 반찬을 만드는 날에는 요리하며 볼 영화도 틀어 둔다. 봤던 영화를 여러 번 보는 것을 좋아하는 나는 몇 달 전 재밌게 본 영화를 또 볼 예정이다. 이렇게 나의 취향으로 하루를 채우는 것이 이제는 익숙해졌다. 지금은 확실하게 말할 수 있다.

"나는 내가 되었다.
이젠 나답게 산다."

3

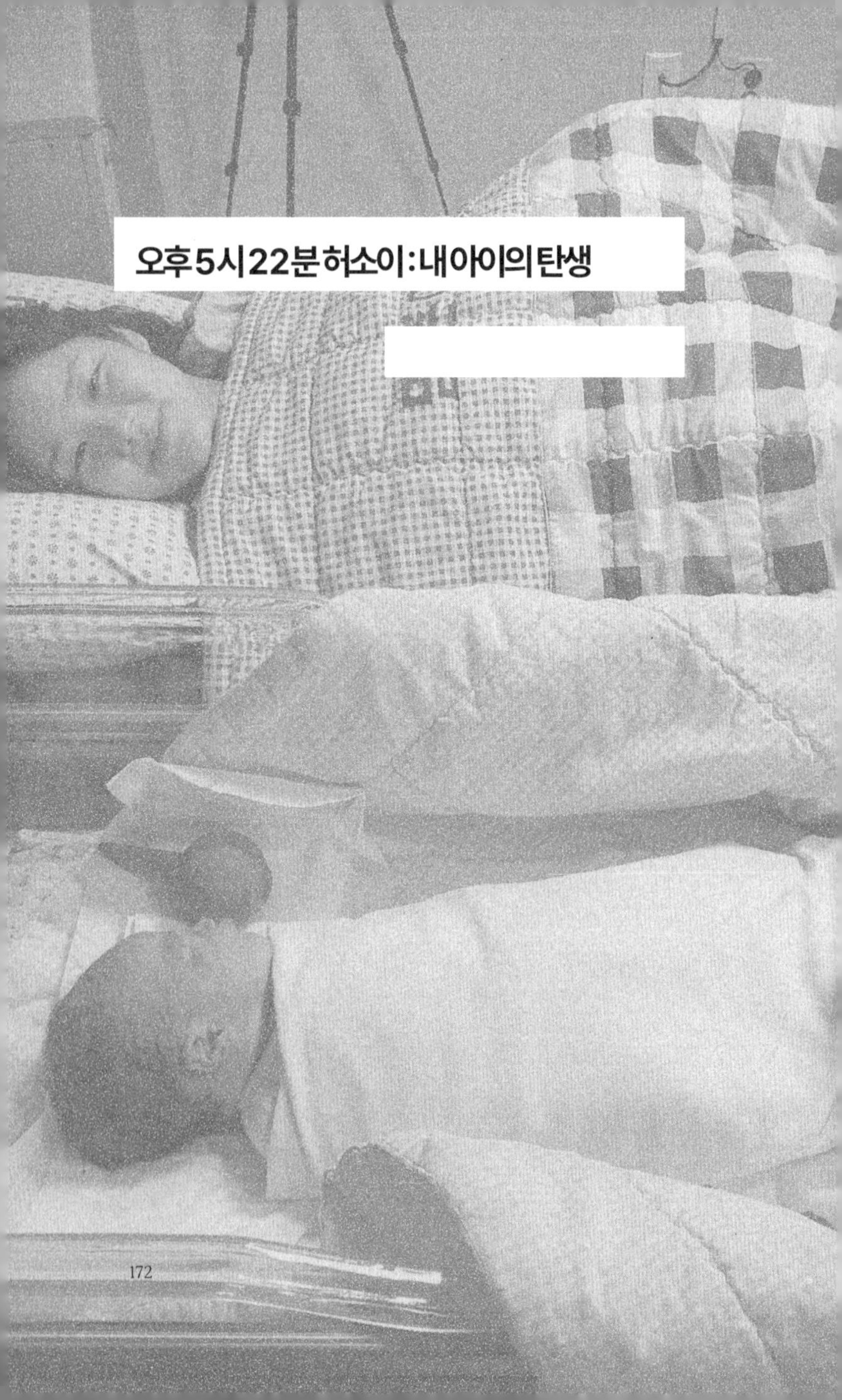

오후 5시 22분 허소이 : 내 아이의 탄생

아이의 태명은 '바다'였다. 바다를 좋아하는 내가 넓고 깊은 바다를 도저히 안아줄 수가 없어 아쉬웠는데 배 속의 아이를 바다라 부르며 마음껏 안아주고 싶었다. 매일 배를 매만지고, 감싸 안으며 바다가 세상에 나오는 날만을 기다렸다.

2021년 12월 17일 새벽 4시, 진통이 왔다. 진통이 오면 내원하라고 안내받았지만, 진통이 어떤 느낌인지 알 도리가 없었다. 허나 뭔가 평소와 다른 느낌이 드는 것이, 직감적으로 이건 진통이다 싶을 정도로 몸의 이상이 느껴졌다. 곧바로 신랑을 깨웠다. 진통의 세기와 주기를 보아하니 바다가 나오려면 한참 남은 듯했지만, 바다가 탄생하기까지의 모든 순간을 신랑과 함께 나누고 싶었다.

십 분에 한 번씩 오는 진통을 확인하고 우리는 다시 침대에 누웠다. 출산이 임박했다는 두려움과 곧 바다를 볼 수 있다는 기대감에 잠들지 못해, 결국 신랑과 함께 TV를 보기로 했다. TV를 켠 채, 우리는 손을 잡고 서로 갖고 있는 불안과 기대감에 대해 나눴다.

"바다는 누구를 닮았을까? 내 낮은 코를
닮으면 안 되는데…"
"출산… 남들 다 하는데, 뭐 얼마나 아프겠어
나 잘 할 수 있겠지?"

11시가 넘어서야 병원에 전화해 진통 소식을 전했다. 병원에서는 기다렸다는 듯이 예정일이 지났는데 왜 이제야 전화했냐며 서둘러 병원으로 오라고 했다. 병원에 도착해 옷을 갈아입고 분만 침대에 누웠다. 상상도 하지 못했던 고통이 시작되었다. 무통 주사는 효과가 없었는지 고통은 점점 커졌고, 손에 잡히는 모든 것을 부여잡고 있는 힘껏 소리 질렀다. 의사와 간호사는 바쁘게 움직였다. 의류용 파란 천을 깔고, 수술용 도구도 들어섰다. 드디어 고통이 끝이 나는구나. 조금 안심했다.

"조금만 더요! 어머니 잘하고 계세요!
곧 아기 만날 수 있어요."

곧 아기를 볼 수 있다는 말이 무용한 말로 들렸다. 오히려 '이제 곧 고통이 끝나요!'라는 말이 더 힘이 되겠다는 생각도 했다. 생각이 끝나자마자 바다의 울음소리가 들렸다. '으앙' 하는 소리에 시공간이 멈춘 듯했다. 간호사는 바다를 내 품에 안겨주었다. '으앙' 울던 바다는 내 품에 안기자마자 평온해졌다. 제 엄마를 정확히 아는 듯했다. 아이의 울음소리에 탯줄을 자르려 들어온 신랑은 이미 눈물 범벅이었다. 떨리는 손으로 탯줄을 자른 뒤 우리는 서로 눈을 마주치고 웃었다.

회복실을 거쳐 조리원으로 옮겨진 뒤, 본격적으로 육아가 시작되었다. 수유로 잠을 못 자고, 출산으로 제대로 걷지도 못했지만 나와 신랑은 뚜렷한 정신으로 매일 바뀌는 바다의 얼굴을 보고 기억에 담았다. 아이의 탄생을 보며 나의 탄생은 어땠을지 자연스럽게 궁금해졌다. 너무 작고 사랑스러운 내 아이를 매일 얼굴이 닳도록 매만지는데, 누군가에게는 탄생이 성가시고 애달픈 일이 될 수 있다는 생각이 나를 휘감았다.

하지만 나의 탄생의 순간을 바다와는 달리 축복받

지 못해 불행하고 불쌍한 순간으로 내버려두고 싶지 않았다. 스스로 파멸을 자초하는 일인 것만 같았다. 억지로나마 친엄마 역시 나의 탄생의 순간은 기뻐했을 거라며, 나의 삶을 응원해 줬을 거라며, 날 버린 부모의 선택을 애써 곱게 포장해본다. 내가 조리원에 있는 동안 신랑은 아이의 출생신고를 마치고 서류 한 장을 들고 왔다. 신랑이 들고 온 서류는 등본이었다. 그곳에는 세 가족의 이름이 써 있었다.

부 허준호

모 허진이

자녀 허소이

소중하고 예뻤던 아이의 첫인상을 오래 기억하고 싶어서 '소(소중하고) 이(이쁘다)'로 이름을 지었다. 늘 혼자였던 서류에 세 명의 이름이 있다. 얼마나 바라던 순간인가. 그저 평범하고 당연한 일에 드디어 꿈을 이뤘다고 해야 할까 혹은 드디어 주어진 것이라고 해야 할까. 알 수 없지만 가슴 벅차게 기쁜 나날이 시작된 것은 분명했다.

늘 혼자였던 서류에

세 명의 이름이 있다.

얼마나 바라던 순간인가.

이상한 결혼식

학창 시절, 장래희망을 적어내는 종이에 '결혼'이라고 썼다. 꿈이 없는 학생으로 보여질 수 있지만 신경 쓰지 않았다. 결혼은 제2의 인생이라고도 하니, 가정을 이루면 나의 결핍이 채워질 거라 생각했다. 나의 결정으로 시작되는 새로운 인생을 책임감 있게 살아보고도 싶었다.

열아홉 살에 보육원을 퇴소하고, 스물네 살에 대학을 졸업한 뒤에 나는 서둘러 결혼식을 준비했다. 하지만 결혼은 어릴 때의 상상대로 흘러가지 않았다. 청첩장에 부모님 이름을 어떻게 채워야 할지, 혼주석은 누구에게 부탁해야 할지, 난감하고 모르는 것이 많아 허둥지둥하기만 했다.

결혼식을 하지 않는 것이 좋겠다고 생각도 했지만 우리가 만들어 갈 제2의 인생을 시작부터 포기하고 싶지 않았다. 고민 끝에 식을 치르기로 한 우리의 목표는 단 하나였다.

'이상해 보이지 않는 결혼식을 하자!'

우리는 우선 혼주를 부탁드릴 어른을 떠올려 보았다. 다행히 나에게는 마음으로 이어진 아빠가 계셔서 어렵지 않게 해결할 수 있었다. 사실 아빠는 내 결혼 소식을 듣자마자 서울에서 내가 있는 곳까지 한달음에 달려와 식장을 꼼꼼히 둘러보시고 답례품, 버스 대절까지 신경 써주시며 자연스럽게 혼주 역할을 해주셨다. 신랑은 어릴 때 잠시 돌봄을 받았던 보육원 선배 부부에게 부탁했다. 그렇게 우리의 계획대로 이상해 보이지 않는 결혼식이 준비되고 있었다.

청첩장 제작 업체에서 전화가 왔다. 요즘은 혼주의 성을 빼고 이름만 기재하는 경우가 많다는 이야기였다. 아마 신랑과 내가 혼주와 성이 달랐던 것 때문에 말씀을 주신 것 같았다. 우리는 성을 빼지 않고 진행하겠다고 했다. 부모와 다름없는 사람들의 존재를 있는 그대로 보여주고 싶었기 때문이다. 이러한 선택이 하객들의 의구심을 키우는 데 한몫할 것이라는 걸 알지만, 진심을 지우고 싶지 않았다.

드디어 치밀하게 준비한 결혼식 당일이 되었다. 결

혼식에는 나와 신랑의 보육원 식구들, 그리고 혼주를 맡아준 어른들의 지인들로 발 디딜 틈 없이 하객들로 가득 찼다. 한편 화기애애한 사람들 속에서 은밀한 말이 옮겨지고 있었다. '진이가 가족, 친지들 사진 찍을 때 나와 달래' '선생님, 가족사진 찍을 때 앞으로 나와서 같이 찍어주세요!' 하객 모두가 지켜보는 앞에서 텅 빈 가족사진을 찍고 싶지 않았던 나의 노파심이었다. 그리고 마침내 그 시간이 다가왔다. "자 가족 사진 찍을게요!"

가족사진을 위해 가족, 친지들은 단상으로 올라와 달라는 사진작가의 한마디에 사람들이 수군대기 시작했다. 우리의 사정을 아는 지인들도 우물쭈물하며 고민하기 시작했다. 앞선 부탁에도 선뜻 나서기 힘든 자리였기 때문이다. 그렇게 우리는 큰 결혼식장 한가운데에 우두커니 서 있었다. 눈앞에 펼쳐진 광경에 의아해하는 하객들의 눈빛과 침묵이 계속되었다. 마음속에서 무언가 끓는 듯했다. 마음 한 켠에 있던 진심이 튀어나올 것 같았다. 내가 살아온 삶을 부정하고 싶지 않다는 열망이었을까? 나는 내 마음 속에 있던 말을 꺼내어 소리쳤다.

"보육원 식구들 얼른 나와!"

나의 말이 끝나자 식장은 소란스러워졌다. 자신의 차례를 기다리던 나와 신랑의 보육원 식구들이 순식간에 가족의 자리를 든든하게 채워주었다. 보육원 식구들과 흔쾌히 혼주석을 채워준 '엄마' '아빠' 그리고 마지막으로 나를 이 세상 누구보다 사랑해주는 신랑까지. 정말 든든한 내 가족들이었다.

들통날까 봐 조마조마했던 나의 결혼식은 보육원 식구들의 존재를 입 밖에 내고 나서야 우리만의 즐거운 축제가 되었다. 비록 이상해 보이지 않는 결혼식은 실패했지만 나에게는 어느 하나도 이상할 것 없는 결혼식이었다.

내가 살아온 삶을

부정하고 싶지 않았다.

친부모가 그립지 않으세요?

"친부모가 그립지 않으세요?"

이 질문에 대한 내 대답은 늘 같았다. 전혀 그립지 않다고. 단호한 답변은, 내가 애써 그리움을 삼키는 사람처럼 보였던 걸까. 당황한 듯 어떤 말로든 정적을 채우려는 사람들의 모습을 보니 나의 직감이 적중한 듯하다. 그래서 한마디를 덧붙였다. "친부모에 대한 기억이 없어서 정말로 아무런 감정이 없어요."

내게 어떤 기억도, 흔적도 남기지 않았기에 내 마음속에 친부모에 대한 자리는 생겨날 수가 없다. 그런 나에게 친부모가 그리움의 대상이 되지 않는 건 사실 너무나 자연스러운 일이었다. 그래서 이따금 내가 어느 날 갑자기 나타난 존재라고 느낄 때가 있다.

한편으로는 친부모를 떠올리는 일을 굳이 하지 않으려고 한다. 보육원에서 나를 돌봐준 여러 명의 엄마, 이모, 아빠 등 그들을 더 많이 떠올리는 것이 나에게 의미 있는 일이자, 그들에게 보답하는 일이라 여긴다.

나와 다른 생각을 가진 친구도 있었다. 보육원을 퇴

소하고 법적으로 성인이 되었을 때, 친구들 중에는 보육원 입소 당시의 기록을 통해 친부모의 흔적을 찾으려는 아이들이 있었다. 한 친구의 친부모는 보육원 바로 옆 동네에서 살고 있어 우리에게 충격을 주기도 했고, 다른 친구는 자신이 보육원에 입소한 배경을 알게 된 뒤 며칠 동안 울적한 기분에 빠지기도 했다. 결국 친부모를 만나게 되었던 또 다른 친구는 친부모가 매몰차게 돌아서는 모습에 상처를 받기도 했다.

친구들 사이에서 친부모 찾는 것이 유행처럼 지나고 있을 때 나는 흔들림 없이 내 생활을 이어 나갔다. 손만 뻗으면 부모에 대한 궁금증이 해소될 수 있었지만 내가 상처받을 일은 뻔했다. 그가 나를 보낸 곳에 19년 동안 꼼짝없이 있었는데, 한 번도 나를 보러오지 않은 데에는 그가 나의 존재를 아예 잊어버린 것이 분명했다. 그러니 서로의 존재감을 이제라도 들춰낼 필요는 없었다.

하지만 요즘은 다른 생각이 들어 조금 난처하다. 친부모가 조금은, 아니 많이 궁금해졌다. 나를 잊은 덕분에 잘 지내고 있는지, 나와 헤어져야 할 정도로 안 좋은 사정이 있었던 것인지, 나를 낳고 산후조리는 제대로 했을지 여러 생각이 들었다. 떠올려본 적 없던 그들의 사정을 이해해보려 하다니 이상한 일이었다.

이 모든 것은 내가 출산과 양육을 경험하게 되면서 생기게 된 변화였다. 아이를 키우면서는 조금의 원망과 배신감도 느꼈다. 이렇게 사랑스러운 아기를 어떻게 보육원에 두고 떠날 수 있는지, 단 한 번도 찾아오지 않을 수가 있었는지, 친부모가 없어서 느낀 설움과 외로움을 알기나 하는지….

그렇게 양가감정을 느끼며 매일 그들의 존재감을 내 삶에 크게 키우고 있다. 하지만 이내 내가 그만큼 엄마로서, 또 한 인간으로서 성숙해져 가고 있다는 것으로 결론을 지으려고 한다. 이제야 나라는 존재를 온전히 마주하고 있는 느낌이 들어서다. 그동안 나에게는 누락돼 있었던 '나의 시작'에 대한 이야기를 이제라도 솔직하게 마주하고 싶다.

우리에게 결혼이란 *

* <열여덟 어른, 나에게 결혼이란>(2024.2.12)

학창 시절 진로 상담에서 꿈을 묻는 질문에, 어렸던 나는 지금보다 앳된 목소리로 이렇게 말했다. “제 가정을 잘 이루는 것이 꿈이에요.”

자립준비청년들을 만나 이야기를 나누다 보면, 많은 자립준비청년들이 ‘가정을 이루는 것’이 꿈이라고 하거나, 가정에 큰 의미를 두는 모습을 볼 수 있다. 똑같은 처지에 똑같은 꿈이라니, 우연은 아닐 것이다. 우리가 자신의 꿈으로 ‘결혼’과 ‘가정’을 말하는 것은 아마도 결핍 때문이 아닐까 싶다.

『가난한 아이들은 어떻게 어른이 되는가』강지나, 2023에서 이런 구절을 읽었다. “화목한 가정을 갖고 싶다는 가난한 청소년들의 소망은 정상가족 프레임 밖에 있었던 자신의 처지에 대한 반응이다.” 가슴 한구석이 뻐근해졌다. 엄마와 아빠 그리고 자녀로 구성된 가족만을 정상가족으로 인정하는 사회에서, 친부모가 있어야만 하는 상황에 수없이 부딪혀야 했다. 사랑을 주고받는, 편안한 가정이란 공동체. 자립준비청년들에게 이만큼 크고 간절한 소망이 더 있을까.

어린 시절 나는 결혼이 삶을 바꿔줄 것이라는 기대를 품었다. 결핍에서 오는 아픔은 잊고 사랑하는 사람을 만나 행복한 결혼 생활을 할 것이라 생각했다. 결혼을 원하는 사람이라면 누구나 한 번쯤 꿈꿔볼 상상의 나래를 펼치기도 했다. 마치 어릴 적 읽은 동화책 속 '신데렐라와 백마 탄 왕자님은 행복하게 살았답니다'라는 결말처럼.

하지만 결혼이라는 꿈을 이루고 나니 그것이 지나친 환상이었음을 깨달았다. 지금은 가정을 '지키고 있다'는 말을 쓸 정도로, 가정을 유지하기 위해 많은 노력이 필요하다는 것을 안다. 사회가 규정하는 '정상가족' 프레임에서 별나 보이지 않을 정도의 결혼식 준비는 만만치 않고, 보편적인 가정 경험이 없는 상태에서 하나부터 열까지 살림을 배워 나가야 하는 것도 큰일이었다.

배우자와 함께 살면서 생기는 크고 작은 갈등을 해결하고 '친부모의 사랑을 받지 못한 내가 아이를 키울 수 있을까' 하는 의구심도 극복해야 했다. 육아에서 양가 어른의 도움을 받지 못하는 상황이니 다시 일하기 어려울 수 있다는 현실을 받아들이는 것까지…. 넘어야 할 산이 한두 개가 아니었다.

그럼에도 나는 우리의 환상이 결국은 행복한 현실로 데려다 줄 것이라 믿는다. 넘어야 할 산이 많았지만 하나씩 넘으면서 단단하고 특별한 내 가정을 만들어갔다. 이제는 어려운 문제가 생겨도 덜컥 겁을 내기보단 함께 해결할 배우자를 생각한다. 이제 난 혼자가 아니니까. 우리를 더욱 단단하게 해줄 문제 앞에서 '괜찮아'라고 이야기할 수 있게 되었다. 신데렐라나 백마 탄 왕자님은 없지만 우리 가족만의 해피엔딩을 만들 수 있다는 믿음이 생겼다.

자립준비청년이 가정을 이루는 사례를 평소에 많이 접할 수 있었다면 이렇게까지 부침을 겪지는 않아도 됐을 것 같다. 결혼 생활에 필요한 마음가짐과 현실적인 결혼 생활을 간접 경험할 수 있었을 테니.

그래서 결혼, 육아와 관련한 나의 이야기를 공유하는 이 글이 도움이 될 수 있다면 좋겠다. 자립을 앞둔 청년들에게 가정과 인생을 꾸려가는 일이 온통 장밋빛은 아니지만 그렇다고 두려워할 필요도 없다고, 편안하고 설레는 꿈을 꿀 수 있도록 돕고 싶다.

엄마가 되었다

4월의 어느 따뜻한 날이었다. 봄마다 찾아오는 비염 때문에 그날도 컨디션이 좋지 않았다. 대수롭지 않게 넘기려는데, 이상하게 평소와 다른 느낌이 들었다. 오랜만에 창고 속 임신 테스트기를 꺼내 들었다. 결과는 두 줄! 떨리는 마음으로 곧장 신랑에게 전화했다.

우리가 부모가 되었다니…. 관념적으로만 알던 '부모'라는 세계에 진입했다는 사실이 감격스러웠다. 아이를 품는 10개월 동안 우리는 들뜬 마음으로 아이가 있는 미래에 대해 자주 대화를 나눴다. 그런데 참 이상하게도, 우리의 대화는 조금 슬펐던 것도 같다. 어떤 부모가 될지 상상하는 데 있어서 우리는 자연스럽게 어린 시절의 결핍을 떠올렸기 때문이다.

우리가 좋은 부모가 될 수 있을까?
아이에게 어떤 부모가 되어야 할까?

우리의 대화는 늘 어릴 때 느꼈던 외로움이나 아쉬움을 아이가 경험하지 않도록 애쓰자는 식으로 끝을 맺었다. 어릴 때부터 꿈이었던 가정을 이루게 되어 기뻤지만 사실은 부모가 된다는 기대 너머에 크나큰 두려움도 자리하고 있음을 인정해야만 했다.

어떤 날에는 친구와 대화를 하다가 눈물이 왈칵 쏟아졌다. 아무래도 난 좋은 부모가 될 수 없을 것만 같았다. 사랑도 받아 본 사람만이 할 수 있다고 했던가. 좋은 부모가 되려면 어떻게 해야 할지 아무리 고민해도 경험이 없어 불안하고 막막했다.

불안하고 막막했던 마음은 일을 하며 애써 잊을 수 있었다. 캠페인 관련 활동이 많아지면서 몸과 마음이 바빠진 탓에 고민을 잠시 미뤘다. 그러다 출산하기 2주 전 진행한 행사에서 참여자분이 내게 이런 질문을 했다.

"진이 씨는 어떤 부모가 되고 싶으세요?"

고민을 미뤘던 만큼 떠오르는 말이 없어 잠시 머뭇거렸지만 이내 입을 열었다.

"사실 요새 고민이 많아요. 저는 어떤 부모가 좋은 부모인지, 보통 가정의 모습은 어떤 모습인지 머릿속에 그림이 많이 없어요. 하지만 반대로 생각해보면 정해진 기준이 없어 오히려 나만의 방식으로 아이에게 순수한 사랑을 줄 수 있을 것 같아요. 그런 의미에서 저는 소신 있는 엄마가 될 자신이 있어요."

순간 튀어나온 대답에 나 역시 놀랐지만 그동안의 걱정들이 한순간에 정리가 되었다. 경험이 없다고 못할 건 없다며, 나다운 결정들로 우리만의 이야기를 만들어 가면 되는 것이라고 스스로 다독일 수 있게 되었다.

보통의 가정에 대한 경험이 부족한 자립준비청년에게 가정을 이루고, 부모가 되는 일은 낯설고 어려울지도 모른다. 하지만 그렇다고 못할 일도 아니다. 좋은 부모가 되고 싶은 마음은 부모가 된 사람이라면 누구나 하는 고민과 걱정이었다. 무엇보다 직접 경험해보니 부모가 되어 가는 데에는 '경험'보다는 매 순간 '좋은 부모'가 되고 싶은 부모의 의지와 사랑이 중요했다.

출산 전만 해도 이렇게 막연한 불안감으로 마음 졸였던 나는, 이제 남들에게는 어엿한 엄마로 보일 것이다. 잘하고 있는지는 모르겠지만 적어도 남들보다 못하진 않는다. 경험이 없으면 없는 대로, 모르는 것은 모르는 대로 인정하며 매 순간 새로 시작하는 마음으로 살아가고 있다.

나만의 방식으로 아이에게 무한한 사랑을
줄 수 있을 것 같아요. 그런 의미에서 저는
소신 있는 엄마가 될 자신이 있어요.

코알라

나의 신생아 시절부터 돌잔치를 하는 사진까지 담겨 있는 사진첩 겉표지에는 '코알라'라고 쓰여 있다. 누가 썼는지, 어떤 이유로 썼는지 도무지 알 수 없지만, 진심으로 나를 돌봐준 듯한 정성이 필체에서 느껴지는 건 왜일까.

사실 이 사진첩이 나에게 소중해진 건 소이를 낳은 뒤부터이다. 늘 소이의 귀엽고 사랑스러운 순간을 담아내느라 사진첩의 저장 용량이 꽉 차고, 내 SNS 속 주인공은 어느새 내가 아닌 소이로 바뀌어 있었다. 사진을 찍는 사람이 되어 보니 어린 시절 날 찍었을, 사진 속 내 반대편에 앉아 있던 '그분'의 마음을 비로소 알아볼 수 있게 됐다.

사진첩 속 사진들을 보면 '이 순간에도 나는 사랑을 받았구나!'라는 걸 느낄 수 있다. 특별하지 않은 날에도 카메라를 켜서 귀엽고 사랑스러운 순간을 기록해 주고, 그 사진을 인화해 사진첩으로 만들어 주는 정성은 분명히 아이들을 향한 애틋함과 사랑이 없다면 불가능한 것이니까. 더군다나 생후 1년이 채 되지 않은 아이들을 돌보기란 쉽지 않다는 것을 알고 있는 나는 비록 부족할지라도 부모 같은 마음으로 다수의 아이를 최선을 다해 돌보고

품어주려 했던 '그 누군가'의 마음이 사진을 통해 느껴졌다.

보육원생이었을 때 퇴소한 선배들이 보육원에 방문해 어릴 적 자신을 돌봐준 '엄마'에게 안부를 전하는 모습을 자주 보았다. 부모가 되어 자기 가정을 이룬 선배들이 자신이 부모가 돼보니 나를 키워준 사람들의 노고와 은혜를 깨닫게 됐다고 말했다. 어릴 때는 선배들의 그 말을 온전히 이해할 수 없었지만 이젠 나도 어엿한 엄마가 되어 보니 그 뜻을 조금씩 알아가고 있는 것 같다.

한편으로는 그렇게 정성 들여 돌봐준 사람의 진심을 알기까지 너무 오랜 시간이 걸렸다는 생각을 지울 수 없다. 나의 아이도 부모의 진심을 이토록 늦게 알게 될 거라 생각하니 부모의 품은 얼마나 넓어야 하는 것인지 숙연해진다. 그 긴 시간을 묵묵히 기다리며, 어쩌면 바라지도 않은 채 사랑이 필요한 보육원 아이들을 온 마음을 다해 돌봐주고 있는 수많은 '엄마'들에게 존경과 감사를 전한다.

사랑이 필요한 보육원 아이들을

온 마음을 다해 돌봐주고 있는 수많은

'엄마'들에게 존경과 감사를 전한다.

처음이라는 그 시작*

---

* <열여덟 어른, 엄마가 되었을 때>(2024.9.9)

지난 주말, 보육원에서 함께 자란 친구의 집에 다녀왔다. 친구는 최근 출산을 해 어느새 한 가정의 아내이자 엄마가 되어 있었다. 친구와 철없이 보낸 학창 시절이 기억에 선명한데 이제는 능숙하게 아이를 돌보고, 텃밭에서 작물을 키우는 멋진 엄마가 된 모습을 보니 신기하면서도 가슴 한편이 뭉클해졌다.

친구가 겨우 아이를 재우고 나서야 대화할 수 있는 시간이 생겼다. 대화의 주제는 출산과 육아였다. 아무래도 처음 겪는 일에 친구는 고민이 많은 듯, 올해 결혼 6년 차에 곧 세 돌을 앞둔 아이가 있는 내게 이런저런 질문을 퍼부었다. 아기의 태열을 낮추는 방법, 아기 피부에 좋은 제품, 분유와 기저귀를 저렴하게 살 수 있는 방법 등 실생활에 필요한 정보들을 물었고, 나는 그간 터득한 육아 노하우를 알려주었다.

3년 전 부모가 되었다는 사실을 알고 막막함에 눈물을 흘리던 때가 떠올랐다. 부모님 도움 없이 아기 키우는 일이 쉽지 않다며 겁을 주는 사람들의 말에 '난 좋은 부모가 될 수 없나 봐'라며 울었던 내가 지금은 육아 선배가 되어 친구의 막막함을 덜어주고 있다니 뿌듯하고 만족스러웠다.

자립준비청년들에게는 처음 하는 모든 일이 남들보다 막막하게 느껴질 때가 있다. 고민을 허심탄회하게 털어놓을 어른을 만나기 쉽지 않은 데다가 주변 친구들에게 도움을 구하려면 부족함을 드러낼 때의 부끄러움을 이겨낼 용기도 필요하기 때문이다. 그렇지만 분명한 것은 '외손뼉만으로는 소리를 내기 어렵다'는 옛말처럼 어떤 일들은 혼자서 해결하기 어려워서 주변의 지혜나 혜안이 필요하다. 고민이 많던 친구에게 그 어떤 답변보다 내 경험과 이를 통해 얻은 노하우가 가장 힘이 되었던 것처럼 말이다.

자립준비청년에게는 자신의 경험을 들려줄 존재가 많지 않기에 주변을 둘러 보고 듣고 배우는 것이 도움이 된다. 대학 시절 나는 새로 사귀게 된 친구들의 집에 놀러 가는 일이 자주 있었다. 어떤 집은 종일 커튼을 닫고 생활하고, 어떤 집은 반찬을 그릇에 덜지 않고 통째로 먹기도 했다. 양육자가 있는 집은 처음 방문해 보았기에 집마다 다양하게 살아가는 것을 그때 처음 알게 됐다.

그렇게 친구들 집을 다니며 '내 집이 생긴다면 나는 6인용 식탁을 사야지' '집에 TV를 두지 않아야지' 등 미래에 꾸릴 가정을 구체적으로 상상해볼 수 있었다. 그때 발견한 내 취향을 결혼 후에 남편과 함께 살 집을 꾸미는 데 고스란히 녹여 냈고 직접 경험하기 어려운 일들은 간접 경험으로도 채울 수 있다는 것도 알게 되었다. 간접경험은 내게 '처음 있는 일'의 막막함뿐 아니라 시행착오도 줄여주었고 '나다움'도 찾게 해준 것이다.

수많은 '처음' 앞에 서 있는 자립준비청년들이 있다. 어렵고 두렵기만 한 '처음'을 쉽게 받아들이기 위해서는 다양한 곳에 가 보거나 여러 사람과 만나 이야기하는 방법이 있다는 것을 전하고 싶다. 무엇보다 내가 친구에게 육아 노하우를 알려준 것처럼 나의 시행착오를 들려주는 것만으로도 이들의 새 출발이 한결 가벼워질 수 있다면 좋겠다.

소이야 사랑해!

한없이 주고도 또 주고 싶은 사랑.

소중한 존재를 품고 비로소 알았다. 아이를 낳은 뒤로는 내 자식을 예뻐해 주는 사람들이 가장 고맙고 기억에 남는다. 내 아이가 사랑받으며 크길 바라는 건 모든 부모의 마음일 테니까. 오늘도 인스타그램에 딸의 사진을 올렸다. 내 사진을 올렸을 때보다 딸의 사진에는 댓글과 좋아요가 금방 달린다. '너무 사랑스러워!' '만나서 안아주고 싶네' 등의 댓글을 볼 때면 내 아이가 사랑받고 있음을 느낀다. 육아의 일부인 듯 인스타그램에 부지런히 사진을 업로드하는 이유가 바로 그 사랑받는 즐거움 때문이었다. 남편과 내가 소이에게 채워주기 어려운 사랑을 랜선 너머의 사람들이 채워주는 것 같았다.

소이는 어릴 때부터 유독 부모 외에는 낯을 많이 가렸다. 그래서 나의 가정환경을 아는 어른들은 한마디씩 말을 얹고는 했다. "소이가 부모랑만 있어서 그래. 북적북적한 환경에서 할머니, 할아버지 손도 타야 괜찮아지는데…." 어린이집을 다닌 지 2년이 되어도 등원할 때마다 엄마와 헤어지기 싫다며 우는 소이의 모습을 보며 '내 탓일까' 하는 죄책감을 느끼기도 했다. 부모 말고는 애착을 형성할 기회조차 없으니 낯선 사람과 환경을 경계하고 불편해하는 건 당연했다. 나의 결핍을 대물림하고 싶지 않았는데, 결국 그렇게 되어 갔다.

자연스럽게 할머니 이야기를 하는 소이의 친구를 보며 '할머니'를 입에서 내뱉어 본 적 없는 소이는 무슨 생각을 할지 궁금하기도 했다. 그러면서 우울한 상상을 해보았다. 언젠가 할머니, 할아버지가 없냐는 친구들의 별 뜻 없는 질문에도 움츠러들 소이가 눈앞에 보이는 듯했다. 명절에 친척들에게 받은 용돈을 자랑하는 아이들 사이에서 입을 떼지 못하는 장면도 그려졌다. 그리고 언젠가 우리 부부가 소이에게 '고밍아웃' 하는 순간도 떠올렸다. 그 순간에 우리는 어떻게 말을 꺼내야 할까. 나의 고민에 한 자립준비청년은 이렇게 얘기한다.

"오히려 부모가 히어로 같아 보이지 않을까요?"

아이가 부모의 충분한 사랑을 기억하고 있다면 엄

마가 가진 사정은 별거 아닌 일이 되지 않을까? 내 아이와 행복한 기억을 쌓아가다 언젠가 엄마의 어린 시절 이야기를 아무렇지 않게 들려주고 싶다.

드라마 <무빙>에는 다양한 초능력을 가진 인물들이 등장한다. 이들은 자신의 자식들도 자신과 같은 초능력이 있단 사실을 알고 정부기관에 이용당할까 싶어 절망에 빠지거나 감추기 위해 고군분투한다. 드라마를 보며 자식이 평범한 삶을 살았으면 하는 부모의 마음에 깊이 공감했다. 무엇보다 결말이 참 좋았다. 부모가 아이를 지키기 위해 싸우다 위험에 처하자, 이번에는 아이들이 나서서 부모와 자신을 지킨다. 우리 가족도 비슷한 결말을 맞이하기를 기대해 본다. 친구들이 한 말에 잠깐은 작아지더라도 스스로 상관없다며 히어로 같은 부모의 사랑을 떠올릴 수 있는 소이가 된다면 정말 행복하겠다.

그의 말을 고쳐본다

조리원에서 초산모와 경산모는 한눈에 가려낼 수 있다. 초산모는 모든 게 처음이라 어깨너머로라도 배울까 싶어 이곳저곳을 기웃거린다. 그에 반해 경산모는 뭘 해도 능숙하다. 휴가를 온 것처럼 편안해 보이기까지 한다. 경산모에 대한 존경과 감탄이 끊이지 않던 어느 날, 한 엄마가 내게 다가와 둘째를 낳았는지 물었다. 내가 아기를 안는 자세나 대하는 몸놀림이 처음 같지 않다고 했다. 게다가 조리원에는 초산모를 위한 교육 프로그램이 많았는데 한 번도 참여하지 않아 그의 오해는 확신이 된 것이었다.

그의 말을 칭찬으로 받아들인 채 새삼스럽게 신생아를 안고 있는 내 자신이 어색하지 않다는 것을 느꼈다. 그 익숙한 감각은 학창 시절 보육원에서 어린 동생들과 생활하면서 익힌 것이었다. 아기를 안고, 기저귀를 가는 것, 목욕을 시키고, 옷을 갈아입히는 일 모두 해봤던 일이었다. 그때는 내 숙제도 미루고 동생들을 돌봐야 하는 것이 참 싫었는데, 이제는 그 시간이 빛을 발휘하고 있었다.

요즘은 딸의 머리카락을 묶는 게 참 재밌다. 어릴 때

부터 손이 야무지다는 말을 들었던 나는 열 명이 넘는 동생들의 머리를 손수 묶고 땋아줬다. 동생들마다 원하는 모양도 달랐기 때문에 날마다 연구하듯 고심하며 다양한 방법으로 머리를 묶어줬다. 어린 시절의 경험 덕분인지 요즘은 딸과 함께 가는 어느 곳에서든지 "머리를 어쩜 이렇게 잘 묶어 주세요?"라는 말을 많이 듣는다. 한때는 동생들을 돌보고, 머리를 묶어줘야 하는 내 처지를 비관했었는데, 어느새 내 장점이 되어 있었다.

신랑은 "~하면 좋겠다"는 투로 자주 말한다. 어쩔 수 없는 것에 자꾸 연연하는 습관이 좋아 보이지 않는다고 할 때도 있지만, 솔직히 신랑 말이 맞는 것 같아 씁쓸한 적도 많았다.

"이십 대 때 내 판단에 조언해주는 사람이
있었다면 허송세월하지 않았을 거야."
"아기 돌봐 줄 가족이 있었다면 육아도
덜 힘들겠지?"

맞다. 우리가 가지지 못한 것들 때문에 어떤 순간에는 외롭고, 힘이 들 때도 있지만 그렇다고 내 삶이 온통 아쉽기만 했다고 말하고 싶지는 않다.

함께 열여덟 어른 캠페인 활동을 했던 규환 캠페이너는 '땡큐 버스킹'이라는 프로젝트를 진행했다. 어린 시절 감사했던 사람에게 노래를 통해 마음을 전하는 내용이었다. 보육원에서 지냈던 어린 시절에 뭐 그리 고마운 일이 있었을까. 아쉬운 경험이나 기억을 나열하는 것만 해도 숨이 찼다. 하지만 규환은 그런 틈을 비집고 좋았던 기억들로 자신의 삶을 근사하게 비추고 있었다. 그의 긍정적인 삶의 태도는 삶을 다채롭고, 풍부하게 만들어주고 있었다.

이제라도 삶에서 좋은 점을 바라보는 눈을 가져보자며 다짐해 본다. "어릴 때 동생들 머리를 묶어 주는 건 내 삶을 비관적으로 바라보게 만드는 일이었어"라는 말이 아닌 "덕분에 나는 머리를 잘 묶어 주는 엄마가 됐어!"라고. 그러니 오늘도 나는 "~하면 좋았겠다"고 얘기하는 신랑을 다독이며 그가 하는 말을 고쳐본다. 살아본 적 없는 삶, 가질 수 없는 삶을 바라지 말고 우리가 겪은 지난날이 오늘 우리에게 어떤 축복으로 왔는지 부지런히 찾아보자고.

덕분에 나는

머리를 잘 묶어 주는 엄마가 됐어!

마침내 깨달은 사랑은

소이의 첫 겨울방학이 시작되었다. 매일 아침 어린이집을 가야 했던 소이는 아침마다 엄마와 헤어지기 싫어 매번 울음을 터트렸다. 그런데 방학이 시작되고 아침마다 어린이집에 가야 한다고 채근하던 엄마가 조용한 게 이상하면서도 신이 났는지 방학 내내 한 시간이나 일찍 일어나 나를 깨웠다. 아침을 깨우는 소이의 경쾌한 발소리에 신랑도 별수 없이 눈을 떴다. 평소보다 일찍 일어나 소이의 아침 식사를 준비하던 나는 묘하게 즐거움을 느끼고 있었다.

아침 식사를 마치고 정리하는 동안 신랑은 소이와 장난감을 가지고 놀며 남은 잠기운을 쫓아내고 있었다. 그러다 불현듯 뭔가 생각난 듯 벌떡 일어나 중고로 산 스피커를 고치기 위해 안방에 들어갔다. 컴퓨터와 수신이 맞지 않아 작동되지 않는 스피커를 벼르고 벼르다 오늘은 꼭 고치리라 작심을 한 것이다. 이리저리 스피커를 살펴보던 그의 손에서 노랫소리가 흘러나오자 가만히 듣고 있던 소이가 대뜸 신청곡을 신청했다.

"아빠, 점핑 틀어줘."

소이가 말하는 '점핑'은 크레용팝의 <빠빠빠>이다. 딸의 신청곡에 신랑이 성실히 응답하자 스피커에서 노래가 나왔고, 그 즉시 소이는 침대 위에 올라 노래에 맞춰 팡팡 뛰기 시작했다. "엄마도 같이 해!" 엄마와 함께 하는 것을 좋아하는 소이였다. 나는 기꺼이 몸을 일으켜 신난 소이의 손을 잡고 함께 뛰었다. "아빠도 와!" 스피커를 살펴보던 신랑이 투정을 부리며 일어서서 나와 소이의 손을 잡았다. 우리는 서로 손을 잡고 원을 그린 채 소이의 속도에 맞춰 팡팡 뛰었다.

처음엔 적당히 소이의 기분을 맞춰주자는 마음으로 뛰던 것이 어느 순간 신랑과 내가 더 신이 나서 소이의 흥을 돋우고 있었다. "소이 더 높게!" "이번에는 손도 같이!" 집은 웃음소리로 가득 채워졌다. 부모가 줄 수 있는 사랑은 함께 침대에서 팡팡 뛰는 것만으로도 충분했다. 거창한 행위만이 꼭 사랑을 의미하는 것이 아님을 아이를 키우면서 자연스럽게 깨닫게 되었다.

보육원에는 수많은 아이가 있어서 엄마 선생님이 누구 한 명만의 손을 잡아줄 수도, 눈맞춤을 해 줄 수도, 깊은 소통도 할 수가 없었다. 내가 규정하는 사랑의 행위가 없었기에 사랑받지 못했다고 생각했던 시간이었다. 하지만 이제는 희미한 기억 속에서 사랑받았던 경험을 떠올려본다. 유치원 때 엄마 선생님이 내게 어울리는 예쁜 원피스를 몰래 빼놓았던 기억을, 내가 심한 몸살을 앓았을 때 라면을 끓여 주셨던 기억을, 늦게까지 공부하는 나를 위해 복도 불을 끄지 않았던 기억을 말이다. 마침내 사랑이 무엇인지 깨달은 나는 구석구석 몰랐던 사랑까지 느끼며, 오늘도 소이에게 별거 아닌 사랑을 전한다.

사랑을 할수록 비참해진다

조리원을 퇴소하고 매서운 바람을 뚫고 아기를 안고 집에 온 그날은 크리스마스 이브였다. 우리는 미리 준비한 트리 전등을 가장 먼저 켰다. "메리크리스마스, 소이!" 언젠가 나의 가정을 이루면 남부럽지 않은 가족이 될 거라 다짐했던 것이 떠올랐다. 온 가족이 크리스마스 트리 앞에 모여 웃고 있는 순간이라니. 지금 이 순간은 세상에서 우리가 가장 행복할 것이 분명했다.

행복한 감상에 젖어 있는 우리를 깨운 것은 소이의 울음이었다. 밥 먹을 때가 된 것인가. 젖을 물려보았지만 여전히 계속 울었다. 기저귀도 갈아주고, 눕혀도 보고, 안아도 보았지만 소이는 울음을 그치지 않았다. 아이가 집에 온 첫날밤은 그렇게 눈물로 지새웠고, 겨우 잠든 고요한 밤을 깨우는 것도 어김없이 아이의 울음이었다.

매일 우는 아기를 달래는 데 제법 능숙해질 때쯤 우리 부부만의 특이한 점을 알게 되었다. 소이가 울 때 달래는 '말'에 차이가 있다는 점이었다. 나는 주로 "괜찮아, 엄마 여기 있어" 하며 소이를 안아주는데, 신랑은 "괜찮아, 별일 아니야"라며 다독인다. 육아는 자신 안의 결핍을 마주하고 투영하는 것이라더니…. 누군가는 언제나 곁에 있어 줄 사람을 원하고, 누군가는 불안할 때 다독여 주는 사람을 애타게 찾았을 것이다. 그 안타까운 시간이 눈앞에 또렷이 그려져 "우린 많은 순간 외로웠겠다! 그치? 소이한테는 잘하자!"라고 말을 했다.

육아 영상을 많이 찾아봐서 그런지 요즘 나의 SNS 알고리즘에는 육아 정보 영상이 많이 뜬다. 육아 브이로그나 정보 영상들을 쭉 훑고, 알고리즘에 따라 부쩍 자란 소이의 옷을 사려고 유아복 쇼핑몰에 들어갔다. 귀엽고 유행하는 옷들 가운데서 어느 것도 쉽게 선택하지 못하고 망설였다. 마음 같아서는 모두 사주고 싶었기 때문이다. 그러다 문득 아이를 사랑하는 마음이 커질수록 내가 비참해진다는 것을 느꼈다.

작은 울음에도 허겁지겁 달려가 살피고, 울음을 그치지 않으면 발을 동동 구르고, 팔이 떨어지도록 안아준다. 그리고 어떤 옷을 입히면 귀엽고 예뻐 보일지 상상하며 신중하게 고른다. 소이를 사랑하는 마음이 커질수록, 사랑의 말과 행동을 많이 할수록 어릴 적 나의 결핍과 기억들이 구체적이고 선명해져 나를 더 비참하게 만들었다.

그동안 나는 가정을 이루면 자립은 끝이라고 생각해왔다. 많은 것이 해결될 테니까. 하지만 부모가 되니 '또 다른 자립'을 마주하고 있다. 처음 있는 낯선 경험에 적응하고 잘해 나가는 것뿐 아니라 나의 아이를 돌보면서 마주하는 결핍과 기억들로부터 해방되는 일은 모두 나에게 새로 주어진 자립의 과제였다.

먹고사는 문제만이 자립이 아니었다. 끝없이 계속될 나의 자립 생활에 조금 힘이 빠지긴 했지만 결국 지금까지 해온 것처럼 잘해낼 것이라고 스스로를 다독였다. 내 가정을 잘 지키고 싶은 마음, 내 삶을 잘 살고 싶은 마음. 이 마음들이 나를 성장시키고 나아가게 한다는 것을 이제 알기 때문이다.

비밀에 기대어 이제야 꺼내놓는 자립준비청년의 이야기

초판 1쇄 발행 2025년 1월 31일

지은이 허진이

책임편집 즐거운쿼카 **디자인** 즐거운쿼카
마케팅 임동건 **마케팅지원** 신현아 **경영지원** 이지원

펴낸곳 파지트 **펴낸이** 최익성
출판총괄 송준기 **출판등록** 제2021-000049호

주소 경기도 화성시 동탄원천로 354-28 | **전화** 070-7672-1001
이메일 pazit.book@gmail.com | **인스타** @pazit.book

ISBN 979-11-7152-078-7(03810)

• 책값은 뒤표지에 있습니다.

이 도서는 2024년 문화체육관광부의 '중소출판사 성장부문 제작 지원' 사업의 지원을 받아 제작되었습니다.